図説

アラビアンナイト

西尾哲夫

河出書房新社

図説
アラビアンナイト
目次

contents

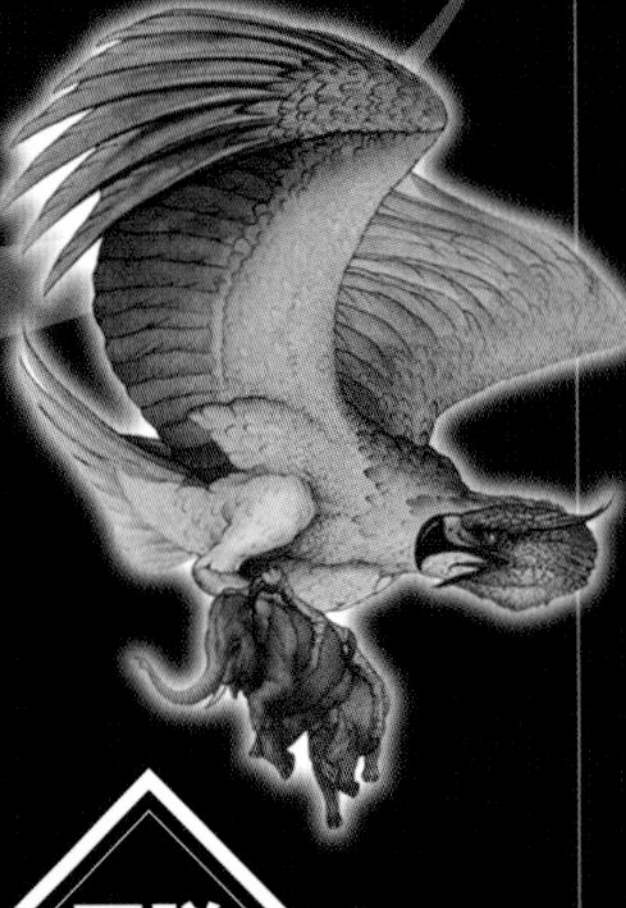

column

●本文中巻数を示したものは、平凡社東洋文庫版〈前嶋信次・池田修訳〉の巻数です。
●「アラビアンナイト」には、ところどころに差別的な視点、用語がありますが、物語がつくられ、またヨーロッパに紹介された状況を解説するという本書の意図から、改変をせずに原書の表現を踏襲した部分があります。地域・時代の制約をくみ取って、本書をお読みいただきたく存じます。

はじめに
アラビアンナイトの世界

「アラビアンナイト」（千一夜物語）と聞いて、まっさきに何を思い浮かべるだろう。子どものころに読んだ、めくるめくような魔法の物語だろうか。大人向けに書かれたエロチックなバートン版などの物語を、胸をドキドキさせながらこっそりと読んだ人も多いかもしれない。だが、この物語集を最初から最後まで読んだという人は、それほど多くないのではないだろうか。

　アラビアンナイトには雑多な話がつめこまれている。一人の作者の手になるものではなく、おそらくは数百年をついやして、あちこちから少しずつ話が採られてきたものらしい。最近の研究によると、核となった部分は「夜話」にしてせいぜい二百数十夜であったのではないかとされている。この核部分には、日本ではあまり知られていない「せむしの物語」などの傑作も含まれている。最初期の物語が編集されたのは、「平安の都」と讃えられたアッバース朝のバグダードだった。ちなみに創建当時のバグダードはモンゴル軍の侵攻によって跡形もなく破壊され、現代の町はその後に再建されたものである。

　今日目にするような千一夜の物語をつめこんだアラビアンナイトが完成した時期は、実をいうとよくわからない。おそらく近世のエジプトではないかとされているのだが、アラビア語写本の形では残っていないのである。しかもこの物語集は、アラブ世界ではそれほど高い評価を受けてきたわけではなかった。大衆向けの下賤な作品集であるということで、知識人がかえりみるようなものではなかったのである。

　だが、太陽王ルイ十四世の宮廷で奇跡がおこった。フランス人の一東洋学者が訳した「千一夜（Mille et une nuits）物語」が当時のベストセラーになったのである。生まれた国ではほとんど忘れ去られていたアラビアンナイトは、こうやって近世のヨーロッパで再発見され、新たな道を歩み始めた。当時は、イスラーム世界とヨーロッパ世界の立場が逆転した時期とも重なっていた。長らく恐怖の対象であったイスラーム世界は、好奇心の対象となり、ヨーロッパでは不思議な物語に満ちたアラビアンナイトの世界が熱狂的に受け入れられたのである。

　だが、再発見されたアラビアン

ナイトは、新しい時代の流れに翻弄されることになった。中東イスラーム世界に覇をとなえたオスマン帝国はすでに凋落のきざしを見せており、ヨーロッパによる中東の植民地化が幕をあけようとしていたからである。このような時代の流れの中で、アラビアンナイトにはオリエンタリズムの衣装が着せられることになった。ヨーロッパの読者がアラビアンナイトの中に見た幻想が文学世界を抜け出して、植民地支配という現実的な目的につながる政治的ツールとして利用されるようになったのである。こうやって、あり得ない中東、あり得ない世界への幻想が一人歩きするようになっていった。近世以後の歴史におけるアラビアンナイトには、功罪半ばする面があったと表現することもできる。

しかしながら最近は、この物語集を社会資料として読み直そうという動きも出てきた。中世イスラーム世界は、当時の最先端をいく文化を誇っていた。イスラーム世界はギリシア・ローマ時代の遺産を保存して、ヨーロッパ・ルネサンスに引き継いだだけであるという見方はあまりにも表層的だろう。イスラーム世界では独自の発展、改良がおこなわれ、その成果をルネサンスが利用したと表現したほうが真実に近い。

アラビアンナイトを生んだイスラーム世界にとって、中世は停滞の時期ではなかったのである。当時の資料などを参考にこの物語集を注意深く読むならば、ある程度までは当時の民衆生活を再構成することも可能であると思われる。この時代は日本でいえば、平安時代から鎌倉時代にかけてに相当する。われわれの祖先が、物の怪や戦乱に苦しみながらも精一杯に生き抜いていた時代、遠く離れたバグダードやカイロの人々は、どのような日常を送っていたのだろう。

本書では、アラビアンナイトからいくつかの物語をピックアップし、この物語集の全体像を確認してみよう。アラビアンナイトには、おなじみのアラジンやアリババ以外にも魅力的な物語がたくさん入っている。全体としてみれば、理詰めに話が運ぶ西洋近代の小説とは大きく趣が異なり、イスラーム独特の宿命観にあふれた話が多い。世のことすべてはアッラーの御心次第であるという透徹した世界観は、理屈あわせに疲れた現代日本人の心にはかえって新鮮にうつることもあるのではないだろうか。

あわせて本書では、アラビアンナイトを通して見えてくる中世イスラームの社会生活についても、簡単な紹介を試みる。現在を知るには過去をたずねる必要がある。一般の日本人にとっては、一見、不可思議に思える中東イスラーム世界だが、長い歴史に裏打ちされた豊かな文化と独自の世界観を持つ世界であることに思いをはせていただければ、著者としては望外の幸せである。

シェヘラザードの物語

枠物語

慈悲深く慈愛あまねきアッラーの御名によりて

今は昔、インドと中国を支配するサーサーン朝が栄えていたころ、シャフリヤール王にはサマルカンドを治めるシャー・ザマーンという弟がいた。二人は長く別れて暮らしていたが、積もる年月のうちに弟王は兄王に会いたくなり、はるばる兄のもとを訪ねて行った。弟王が途中で忘れ物に気づいて宮殿へと引き返すと、そこで見たものは、奴隷と臥所《ふしど》を共にする妃の姿だった。王は二人を成敗してから兄王の宮殿に到着するが、心中、鬱々として楽しまない。弟の身を案じた兄は気晴らしのためと言って狩りへの同行をすすめるのだが、弟はこれを断って宮殿にとどまっていた。

兄のシャフリヤール王が宮殿を留守

シャフリヤールに物語を語り始めるシェヘラザード。そばにいるのはドゥンヤーザード（レオン・カレ画）

東方風の妖艶な姿で表現された
シェヘラザード（ヴァージニア・ステレット画）

にするや否や、庭園では妃が愛人の奴隷と乱行の限りをつくしている。物陰からこれを見ていた弟は、不運に見舞われたのはわが身だけではなかったと気づいて晴れやかな気持ちになった。

　狩りから戻った兄は晴れ晴れとした弟の様子をいぶかり、その理由を訊ねた。弟は包み隠さず目撃したことどもを兄に打ち明ける。兄は一計を案じて庭園をのぞき、愛妃の行状を見てしまった。失意の兄は弟をさそって宮殿を抜け出し、自分たちと同じような境遇の者を探して旅に出る。

　旅を続けるうち、とある泉のそばで憩っていると、頭に櫃《ひつ》を載せた巨大なジン（魔人）が近づいてきて、兄弟が身をひそめていた立木の根元で横になった。ジンが櫃から箱をとりだすと、その箱から一人の乙女が姿を現した。ジンが乙女の膝枕で眠ってしまうと、乙女は樹上を見上げて二人の王を誘い、自分を抱かなければジンを起こしてけしかけると言って交情を迫ってくる。

　乙女は五百七十個の印章指輪をつな

良妻賢母のイメージで描かれたシェヘラザード
（エドマンド・デュラック画）

げた数珠を見せ、これは今までに寝た男から記念に受け取ったものだと言う。兄弟は乙女に指輪を与え、かわるがわる乙女と交わった。乙女が打ち明けるには、自分は婚礼の夜にさらわれて、七重に鍵のかかる箱に閉じ込められたが、女というものはやろうと思えばどんなことでもやってのけるものだと言うのである。

兄弟は、巨大なジンでさえ女性には裏切られたのだからとわが身を慰めて、兄王の宮殿へと帰還する。兄のシャフリヤール王はすぐさま妃たちの首をはね、それからというものは、一夜限りの妻として処女を迎えては、翌朝にはその首をはねることを繰り返していた。

やがて臥所に迎える処女がいなくなると、王はどこかで処女を探してくるようにと大臣に命じた。大臣は王に差し出す処女を探しもとめたが、いまさら見つかるわけもない。思い悩んでいると、父の様子に気づいた娘が理由を訊ねてくる。

大臣には二人の娘がおり、姉はシェヘラザード、妹はドゥンヤーザードという名前だった。二人ともに容色にすぐれ、特にシェヘラザードの方は万巻の書を読んで深い教養を身につけていた。

父の心痛の理由を知ったシェヘラザードは、それならわたくしが王のもとに赴きましょうと言い出した。父は何とかして娘をとめようとしたが、シェ

ターバンをまいたシェヘラザードとドゥンヤーザード（1840年のフランス語版より）

兄弟が木陰から裸の女性を見ている場面（サリエによるロシア語版より）

このシェヘラザードは純真無垢な乙女の姿で描かれている（ウィリアム・ハーヴェイ画）

欧米で出版されたアラビアンナイト
としては最初期の挿絵

シャフリヤールが前非を悔いる最終場面

好色なイメージに描かれたシャフリヤール王
（ロデリック・マックリー画）

ヘラザードの決意は固く、王のもとに参内することになった。シェヘラザードは妹が一緒に行くことを求め、姉妹は連れ立って王の臥所へと入っていく。

シェヘラザードにはある計略があった。王の前で珍しい話、不思議な話を語り続け、処刑の期日を延期させるのである。話をうながす役回りは妹のドゥンヤーザードがつとめる手はずになっていた。

こうして千と一夜にわたる長い物語が幕をあけ、シェヘラザードは自らの命を賭けて数奇な物語の数々を語り続けることになる。

商人とロバと雄牛の話

シェヘラザードの父である大臣が聞かせた話

あるところに一人の商人がいた。この人はアッラーのお恵みによって獣や鳥の言葉がわかるのだが、その秘密を他人に話せば死ななければならないことになっていたのである。

商人の家ではロバと雄牛を飼っていた。雄牛がロバのもとに行ってみると、ロバは気楽に寝そべっている。毎日こき使われてへとへとだったので、うらやましくなってロバに尋ねた。「どうしてそんなに気楽でいられるんだい」。ロバが入れ知恵するには「明日から三日ほど病気のふりをして寝転がっていればいいよ。なぐられても蹴られても、起き上がっちゃだめだよ。何も食べないで寝ていれば、ゆっくり骨休みができるんだから」

雄牛は次の日から仮病を使って寝そべっていたので、代わりにロバが働かされるはめになった。ある日、仕事から戻ってきたロバが言うには「うっかりおしゃべりしたばっかりにえらい目にあった。ところで、だんなはあの牛は病気が治らないみたいだから、人に頼んで殺してしまおう、その後では皮も使おうと言ってるよ」。

それを聞いた牛は次の日からはもりもりと食べ、商人の目の前で思いっきりはりきって見せた。商人はロバと牛の会話を聞いて事情を知っていたから、尻尾を振り回してはりきる牛を見て大笑いした。

不思議に思った妻が理由を尋ねたの

父の大臣がシェヘラザードを諭す場面

だが、秘密をもらせば死ななくてはならないので、商人は何も言わなかった。妻はひどく腹を立て、あんたは死んでもいいから話せといって聞かない。妻に逆らうこともできずに困り果てた商人は、仕方なく遺言状を作り、秘密を話して死ぬ覚悟をかためた。

ロバはくたくたに疲れるまで働かされた（ルネ・ブル画）

　いよいよ秘密を打ち明けようとした時、家で飼っていた雄鶏と犬の会話が聞こえてきた。犬が雄鶏に言うには「うちのだんなは今日死ぬことになっているのに、あんたはちっとも悲しそうじゃないね」。それを聞いた雄鶏は「自分は五十羽の雌鶏の面倒を見なきゃならんが、こっちを嬉しがらせたかと思うと、あっちを蹴ちらすというぐあいにうまくバランスをとっているのさ。それなのにうちのだんなは、たった一人の女房さえうまくあつかえない。そんな女房はぶちのめせばすむことだ」と言う。

牛は張り切って尻尾を振りまわした（ルネ・ブル画）

　これを聞いた商人ははたとひざをうち、どうして今まで気づかなかったのだろうと、早速に妻をさんざんに打ちのめした。妻はすっかり後悔して許しを求め、それからは秘密を聞き出そうとはしなくなった。

　こうして商人と妻は、死が二人を分かつまで幸せに暮らすことができたのだった。

ドゥバーン賢者の物語

第4夜～第5夜

今は昔、あるところに年老いた漁夫が暮らしていた。ある日のこと、海辺で網をうっていると真鍮でできた首の長い瓶が上がってきた。見ると、ダビデ王の子ソロモンの印章が押してある。喜んだ漁夫はこの瓶を市場で売ろうと思い、中を確かめようと封を開けた。

　と、瓶の口から煙が立ち昇ったと見るやたちまちにして巨大なイフリート（ジン＝魔人の一種）の姿となった。イフリートは、自分はソロモンにさからって瓶に閉じ込められて長い年月を過ごすうちに、次にこの瓶の封を開けるものがいたらそいつの命を奪うことに決めたと言う。だが、漁夫は計略によってイフリートを再び瓶に閉じ込め、ユーナーン王とドゥバーン賢者の物語を聞かせる。

海から引き上げた瓶からジンが出現する（エドマンド・デュラック画）

　昔々、ローマの国にユーナーンという王がいた。王はありあまる財宝や精強な軍隊を有していたが、かねてよりハンセン病に苦しめられ、百薬を用いても癒されることがなかった。

ある時、諸学に通じたドゥバーンという賢者がこの国を訪れ、秘策を用いて王の病を癒すことに成功した。ポロ用の杖を造り、その中に秘薬を仕込んだのである。杖を握る王の手が汗ばむほどに秘薬が体内へとしみわたると、ドゥバーン賢者はころあいを見計らって王に入浴を勧めた。王が体を浄めると、長年の病苦の痕はきれいさっぱりと洗い流された。王の喜びはひとしおで、ドゥバーン賢者は厚い恩顧を受けることになった。

だがこれを妬む大臣がいた。大臣はドゥバーン賢者を亡き者にせんと、王に讒言《ざんげん》する。大臣の言葉をうのみにした王は賢者を呼び寄せて命を奪おうとした。賢者は命運の尽きたことをさとり、一日の猶予を許されて自宅にもどると、一冊の書に仕掛けをほどこして王のもとに立ち戻った。

ドゥバーン賢者の生首を見ながら本のページを繰ると……（ジョン・バッテン画）

死を前にした賢者は、秘密の書をさしあげるから、自分の首をはねた後で生首をそばに置いて書を読み進めば、いかような疑問にも答えるであろうと告げる。王は賢者の首をはね、言われたとおりに書を読み進むうちに絶命する。賢者が王に進呈した書には毒が塗ってあった。唾で指をしめらせながらページをくっていたため、塗られた毒が口に入ったのである。

1838〜41年のヴァイル版（ドイツ語）に描かれたドゥバーンの首

石に化した王子の話

第6夜〜
第9夜

ある国を治めるスルターンの台所に、今まで見たこともないような色鮮やかな魚が届けられた。料理女が油の入った鍋に魚をいれてフライにしようとすると、突然、目のふちをクフル（アイ

油の中に入っていた魚たちは「ナアム、ナアム（はい、はい）」と答えた（ジョン・バッテン画）

スルターンが不思議な魚を求めて黒い島々に着くと……（ルネ・ブル画）

シャドー）で染め、青い房飾りのついた被り物をした美人が現れて、「魚や魚、おまえたちは言いつけを守っておいでかい」と問いかける。仰天した料理女は卒倒してしまったが、油の鍋に入っていた魚は半身を傾けて「ナアム、ナアム（はい、はい）」と答えるのだ。

　スルターンは何としてでもこの不思議をときほぐしたいと願い、魚がとれたという湖をさがしに出立し、湖水のそばにある黒石と黒鉄で作られた館に到着する。そこには下半身が石となった美しい貴公子がおり、数奇な身の上話を物語りはじめた。

妻は町の人々を四色の魚に変えてしまった（チャールズ・フォーカード画）

　貴公子は黒い島々を治めていた父王の跡をついで、父方の従妹である妻を娶《めと》り、幸福な新婚生活が続いた。ある日のこと、午睡の時間になっても寝付かれなかった王の耳に、女奴隷の噂話が聞こえてきた。それによると、妃には愛人がいて、毎晩、王が休む前に眠り薬（バンジュ）をもっては愛人とうまくやっているのだという。

　薬を飲んで眠ったふりをしてひそかに妻の後をつけていくと、行き先には醜い黒人奴隷がいた。妻はぞんざいな態度をくずさぬ黒人奴隷の前にぬかづいて一途に愛を請い、最後には一糸まとわぬ姿となって不潔な寝床にもぐりこむ。一部始終を見ていた王は我を忘れて、黒人奴隷の喉もとに切りつけたが、息の根を止めるにはいたらなかった。

　妻は深手を負った愛人をひきとり、前にもましてかいがいしく世話をする。王は妻の行いを黙認していたが、忍耐も限界となって激しい調子で妻を非難する。

　怒った妻は魔法で王の下半身を石に変えてしまった。それだけではあきたらず、町を湖に、住んでいた人々を魚にしてしまったのである。町にはムスリム、クリスチャン、ユダヤ教徒、拝火教徒が住んでいたが、ムスリムは白、クリスチャンは青、ユダヤ教徒は黄色、拝火教徒は赤の魚となった。

　王を訪問した異郷のスルターンはこの話を聞いていたく憤慨し、王に変装すると、王と都にかけられていた魔法を解き、姦夫姦婦を成敗したのだった。

翻訳者の夢

アラビアンナイト成立の歴史

　子どものころに読んだ「アラビアンナイト」のうち、どの物語が一番印象に残っているだろうか。答えは人さまざまだろうが、「アラジン」「アリババ」「シンドバード」のいずれかをあげる人が多いのではないだろうか。あるいはここに、「空飛ぶ絨毯」だとか、「魔法の馬」を入れる人もいるかもしれない。

　アラビアンナイトには謎が多い。先に種明かしをしてしまうと、今あげた物語はどれ一つとして、本来のアラビアンナイトには入っていなかったのではないかとされている。なかでも、アラビアンナイトきってのスターとされるアラジンの来歴については、今もって確かなことがわからない。アラジンについては、後に詳しくとりあげるので、ここでは、この大物語集の概要とその成立史を簡単にふりかえってみよう。

アラビアンナイトとは

　アラビアンナイトは、「千一夜（千夜一夜）物語」としても知られており、その題名どおりに千と一夜分の夜話が収録されている。それぞれは独立した物語だが、シェヘラザードという若い娘が語る夜話という趣向のもとに、延々と話が続いていくのである。ごく短い素朴なたとえ話もあれば、話の中に話が入り込み、その話が新たな話を生み出していくという複雑な入れ子構造になった物語もある。

　シャフリヤール王は最愛の妃が不倫をする場面を目撃し、怒りのあまりに妃を処刑する。この後、王は深刻な女性不信にさいなまれ、処女を召し出して一夜を共にすると、翌朝には彼女の首をはねるということを繰り返すようになった。宰相の娘にシェヘラザードという乙女がおり、何とかして王の心を変えようというので自ら志願して王の臥所《ふしど》に侍ることになった。

　シェヘラザードはわが身を賭して一計を案じ、夜が明けるまで物語を語り続ける。続きが聞きたくなった王は、処刑を一日だけ先送りにする。ところが翌日の晩も、そのまた次の晩も、物語は続いていく。

　シェヘラザードはこうして千と一夜の間語り続けるのだが、その間にはかたくなな王の心もときほぐされ、おのれの冷酷なふるまいを悔いた王はシェヘラザードを妃に迎えて大団円となる。

　アラビアンナイトの中には多種多様な物語が詰め込まれており、長い間にさまざまな話がほうぼうからかき集められて、今のような姿になったとされる。全体としては一人の語り手が語ったということになっているが、各物語群が有機的に結びついて大きなテーマをつむぎだしているわけではない。むしろ、相互には何の関係もない種々の説話がかき集められた一大物語集であるととらえた方がよい

紙に書かれたアラビアンナイトの断片。物語の冒頭部分が記されている（9世紀）

エジプト・シナイ半島。手作りの楽器にあわせて話を語るベドウィンの詩人（水野信男氏撮影）

だろう。

　非常によくまとまった文学作品もあれば、笑話や世間話のたぐいもある。一人の作者の手によるものではないため、収録時期によって作品の内容も異なっており、アッバース朝（八〜十三世紀）バグダートの時代の作品と、ファーティマ朝（十〜十二世紀）エジプトの作品では話の構成や質の面で、かなりの違いが認められるようである。作話時期によっては、異教徒への偏見を感じさせるものもあるようだ。

紙に残された記録

　現存する最古のアラビアンナイト写本は、九世紀に書かれた断片であるとされている。この断片が発見されたのは、それほど昔のことではない。一九四七年、シカゴ大学の東洋研究所がエジプトから購入した古文書の中に入っていたのである。エジプトといえば、パピルスと相場が決まっているが、問題の断片は紙に書かれていた。アラビア語で書かれた題名は「キターブ・フィーヒ・ハディース・アルフ・ライラ」、つまり「千の夜の物語の書」である。ここにはおなじみのシェヘラザードが登場する冒頭の物語十五行が記されており、ディーナーザードがシーラーザードに向かって、「おやすみでないのなら話をしてほしい」とせがんでいる。

　一般的には、西暦七五一年におこなわれたタラス川の戦いがきっかけとなり、中国の製紙法が西に伝わったとされている。実際の伝播はそれほど単純なものではないと思われるが、とりあえずこの年号を基準にして考えると、製紙法が伝わってから百年ほどの間に最初のアラビアンナイトが紙の上に筆写されたことになる。この断片は年代が明記されたアラブ世界の紙として最古の現存資料であるが、アラビアンナイトが親しまれていたことの証拠とも言えるだろう。

　アッバース朝カリフ、ハールーン・アッラシード（在位七八六〜八〇九年）に仕え、アラビアンナイトでも活躍する宰相ジャアファル・アルバルマキーは、紙の普及に力を入れた。行政文書の用紙を羊皮紙から紙に変えたのは、この人であったとされる。アッバース朝時代には伝書鳩による通信がさかんになった。この事情も紙の普及と関係している。通信文を記した紙を鳩の翼や首にくくりつけたようである。

　ちなみに、東洋文庫版アラビアンナイトの翻訳者である前嶋信次は、アメリカ留学中にこの古写本を見る機会に恵まれ、この時の感動がアラビアンナイトを翻訳しようと思いたったきっかけの一つになったと回想している。

　現存する文献資料によると、この後、アラビアンナイトらしき物語は九世紀の年代記作

中世アラブ世界の図書館。当時の一大文化センターだった

アッバース朝最盛期のカリフ、ハールーン・アッラシード（ルネ・ブル画）

家マスウーディーの『黄金の牧場』に登場する。マスウーディーによると、ペルシアやインド、ギリシア伝来の話がおさめられた『ハザール・アフサーネ（中世ペルシア語で「千の物語」）』と呼ばれる物語集があり、これがアラビア語に翻訳されて『アルフ・ライラ（千の夜）』になったという。マスウーディーによると、この『ハザール・アフサーネ』には王、大臣、大臣の娘、その奴隷などが登場するという。

知識の伝統

　マスウーディーとほぼ同時代に生きたイブン・アンナディームも、これと同様の記録を残している。この人は書店の主だった。当時は印刷技術などなかったから、本はすべて手書きで写したのである。識字率の問題を別にしても、誰もが気軽に本を読めたわけではない。個人で所蔵するということは少なく、多くの場合は図書館や貸本を利用していた。イスラームには知識を重んじる教えがあり、歴代の君主も学問を奨励した。

　アッバース朝のバグダードには世界に誇る大図書館があった。また「知恵の館」と称される一大翻訳センターが設立され、ギリシア・ローマをはじめとする先人の遺産が次々とアラビア語に翻訳されていった。中世のヨーロッパではキリスト教のもとで古典古代の伝統が断絶したから、学を求める人々はアラビア語文献を通じて知識を吸収するよりなかったのである。ルネサンスに始まる西欧の近代文明は、もとをたどればこの時代のバグダードにたどりつくということができるだろう。後にモンゴル軍がこの都を強襲したさいに、さしもの大図書館も灰燼《かいじん》に帰した。チグリス川にはおびただしい写本が投げ捨てられ、溶け出したインクで川の水が五彩に染まったという話も伝わっている。歴史をふりかえれば、バグダードが「平安の都」という別名どおりの幸福を享受できたのは、アラビアンナイトの時代だけだったのかもしれない。創建当時のバグダードは円形をした見事な計画都市だ

アントワーヌ・ガラン（1646〜1715年）の肖像画

フランス北部、ロロ村に建つガランの胸像

ったとされている。

さてこのイブン・アンナディームだが、アラブ知識人の常として、物語の類にはそっけない。問題の『アルフ・ライラ』については、「支離滅裂な話ばかりなので、読んだところで楽しくはない」などと記してある。意地悪な見方をすれば、このようなコメントを残すということは、最後までこの物語集を読んでいたのだろう。案外、夜のふけるのも忘れて灯火のもとで一心不乱に文字を追っていたのかもしれない。

アラビアンナイトもしくはアラビアンナイトらしき物語集は、この後も散発的に記録に登場はするのだが、その数は決して多くはない。この物語集がどのようにして成立したかについては、いまだにはっきりとはわかっていないのである。

ヨーロッパへの紹介

イスラーム世界の知識人は、アラビアンナイトをあまり丁寧にはあつかってこなかった。そのせいもあって、この物語集が生まれ故郷でどのような境遇にあったのか、詳しいことはわからない。現在知られている限りでは、それほど広く読まれたり、語られたりしたわけではなかったようである。アラビアンナイトの翻訳者として有名なレインやバートンにしても、アラビアンナイトが実際に語られていた場面に遭遇した経験はほとんどなかったらしい。

だが、十八世紀のフランスで奇跡がおこった。この物語集が突如としてベストセラーになったのである。ベストセラーの仕掛け人は、商魂たくましい商売人ではなかった。一学究としてつつましい人生を送ってきた東洋学者が、アラビアンナイトをルイ十四世の宮廷にデビューさせたのである。

アラビアンナイトを初めてヨーロッパに紹介したのは、アントワーヌ・ガランという東洋学者だった。本国のフランスではともかく、彼の名は日本ではほとんど知られていない。だがガラン版アラビアンナイトは、出版直後からヨーロッパ各国語に訳されて、読書人はもとより大衆の読み物として、階層を問わずに広く愛されたのである。

ガランが生まれたのはパリに近いロロという田舎町だった。現在、ロロの中央広場にはガランの胸像が建っている。ガランは貴族の出身ではなかったが、語学の才があり、真面目な人柄だったようである。若いころ、外交使節となった貴族の随員として東方に渡り、語学その他の学問を修めた。アラビア語はもちろん、ギリシア語、ヘブライ語、オスマン・トルコ語などに通じ、アラブ散文文学の傑作とされる動物寓話『カリーラとディムナ』をオスマン・トルコ語からフランス語に訳し

オスマン・トルコによるウィーン包囲

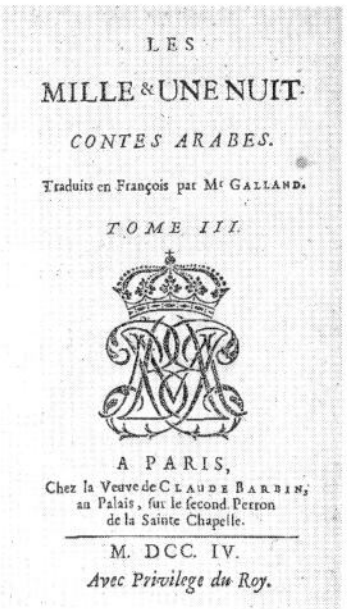

LES
MILLE & UNE NUIT.
CONTES ARABES.
Traduits en François par Mr GALLAND.
TOME III.
A PARIS,
Chez la Veuve de CLAUDE BARBIN, au Palais, sur le second Perron de la Sainte Chapelle.
M. DCC. IV.
Avec Privilege du Roy.

ガラン訳『アラビアンナイト』（1704〜17年）の初版本

たりもしている。

当時の中東イスラーム世界は大きな転換期にあった。世界をリードした黄金時代の華やぎは薄れ、勢いをつけてきたヨーロッパを前にして、衰えがめだつようになっていた。オスマン帝国によるウィーン包囲の失敗（一六八三年）が、両者の明暗を分ける一つの転機であったとされる。当時のヨーロッパにあっては、中東イスラーム世界は輝かしい文化を誇る地域であり、しかも一方的に恐れるような相手ではなくなっていた。ガランは、一流の東洋学者を結集して編まれた『ビブリオテーク・オリエンタル』（欧米初のイスラーム百科事典）の中で、イスラーム文化を手放しでほめ称えている。

ガランは中東での生活が長かったのだが、中東滞在時にアラビアンナイトの写本に触れた形跡はない。いや、それどころか、アラビアンナイトという物語集が存在することにさえ気づいていなかったようである。ガランはいわゆる「学者馬鹿」といったタイプの人ではなく、イスラーム文化全般に対する広い関心をいだいていた。貴族付きの通訳として中東に渡り、古銭や装飾品の収集にあたったという経緯もあり、コーヒーについてヨーロッパ語で書かれたものとしては最初の文献である『コーヒーの起源とその普及』というような論文も残している。

シンドバードとアラビアンナイト

ガランはフランス帰国後の一六九〇年代に「シンドバード航海記」の写本を入手した。「シンドバード」を手に入れた正確な日時はわからないが、この本は一六九八年に翻訳が終わっている。「シンドバード」を訳し終えたガランは、すぐさま、アラビアンナイトの翻訳にとりかかった。人を通じてシリア系のアラビアンナイト写本（三巻もしくは四巻）を入手ずみだったのである。ガラン版アラビアンナイトの初巻は、一七〇四年に刊行された。

さて、どういう経緯で誤解が生じたのかはわからないのだが、ガランはこの「シンドバード」は「千一夜」という長大な物語の一部だと信じきっていたらしい。アラビアンナイトの初巻には、すでに訳し終えた「シンドバード航海記」が「アラビアンナイト（千一夜）」と呼ばれる大物語集の一部であることがわかったため、この全集に入れることにしたとはっきり書いてある。ガラン版アラビアンナイ

「シンドバード航海記」の最初の印刷本（ルイ・マシュ・ラングレーによる校訂と翻訳、1814年、パリ）

ト第一巻と第二巻には、「ガラスの函に閉じ込められた女の話」「ロバとウシと農夫の話」「雌鶏と雄鶏の話」「魔物と商人の話」「漁夫の話」「王の息子である三人の遊行僧とバグダードの五人の娘の話」が収録されている。題名は少しずつ違っているが、基本的には東洋文庫版アラビアンナイトと同じ構成である。

だが、「シンドバード航海記」がアラビアンナイトの一部であると思い込んでいたガランは、続く三巻目に「シンドバード」を入れてしまった。ガランにはもう一つ、大きな誤解があったようだ。つまり、アラビアンナイトつまり千一夜物語とは、題名どおりに千一夜分の物語を集大成したものだと信じていたらしいのである。ガラン版アラビアンナイトは未完のままで終わっているが、ガランは何とかして「完本千一夜」の写本を入手しようと手を尽くしていたようだ。

最近の見方では、この誤解がアラビアンナイトの運命を決めることになったとされている。ガラン版アラビアンナイトが、商業的に成功したことも大きかった。出版業界がベストセラーに群がって甘い汁を吸おうとするのは、今も昔も変わりはない。

アラビアンナイトの中でも傑作とされる物語が次々と生み出されていたアッバース朝時代、本とは個人で所蔵するものではなかった。だが、市民社会が急成長しつつあったフランスやイギリスでは、中流層の市民も安価な本を手にすることができるようになっていた。ガラン版アラビアンナイトは、出版直後から各国語に翻訳された。この時代は、ペローのおとぎ話集などが出版された時期と重なっており、今までになかった新しいタイプの空想物語に人気が集まっていたのである。

産業化が進みつつあったイギリスでは、「チャップブック」と呼ばれる民衆本が出回るようになった。ガランのアラビアンナイトはすぐさま英語に翻訳され、チャップブックの形で広く庶民層に読まれることになったのである。生まれ故郷ではたいして注目されることのなかったアラビアンナイトは、こうしてヨーロッパで「再発見」されたのだった。

東方への夢

アラビアンナイトは、ガラン版を通してヨーロッパ人が共有する教養となった。しかも、ガラン版が途中で終わっているため、残りの部分が記された写本を見つけようとする人々も多かった。「完本アラビアンナイト」写本を発見して翻訳すれば、学問的名誉はもちろん、金銭的な見返りも期待できたのである。真面目に努力した者もいたが、ちゃっかりと偽写本をでっち上げて懐を暖めた者もいた。アラビアンナイトの研究は、彼らのせいでとんでもなく入り組んだ道を歩むことになるの

エドワード・ウィリアム・レイン（1801〜76年）。画家としてもすぐれた技量を持っていた

だが、今では偽写本作りの正体もほぼ突き止められている。犯人さがしの顛末については、アラジンをあつかった章でとりあげよう。

　ガラン版アラビアンナイトが出版されてほぼ一世紀後、ヨーロッパと中東世界の立場を決定的に逆転させる出来事がおこった。ナポレオンのエジプト遠征である。

　この遠征は軍事的には失敗に終わったが、文化史的な意味から言えばはかり知れないほどの影響を残した。これによってヨーロッパの圧倒的な優位が明らかとなり、植民地化への準備が整ったからである。その結果、東方への夢が植民地経営という形となって結実することになった。東方への憧れはもはや憧れにとどまらず、オリエンタリズムという枠組みの中にヨーロッパとイスラーム世界の双方を封じ込めたのである。

　アラビアンナイトに関連して言えば、このエジプト遠征がきっかけとなって、カイロ近郊のブーラークにアラブ世界初の印刷所が作られたことを特筆しておこう。このブーラーク印刷所で最初に印刷された本の一つが、アラビアンナイトだった。

　現在までに印刷・出版された主なアラビア語版アラビアンナイトは、全部で四種類ある。早い順に、カルカッタ第一版、ブレスラウ版、ブーラーク版、カルカッタ第二版である。このうち、カルカッタ第一版はほとんど伝わっていない。もともとわずかしか印刷されなかったのだが、ヨーロッパへの輸出本を積み込んだ船が沈んでしまったのである。ブレスラウ版は散在していた写本を切り貼りして作り上げたものであり、資料的価値は低いとされている。最後に印刷されたカルカッタ第二版は、現在のところでは最も完備したものとされ、バートンや東洋文庫版アラビアンナイトはこれを底本にしている。

　以上はすべてアラビア語による印刷本だが、そのいずれもがガラン訳の後に出版されている。つまり、ガランの訳業がなければ、これらのアラビア語版が世に出ることはなかったわけである。

ガラン以後の訳者たち

　ヨーロッパではガランの後も、多くの翻訳者が東方の夢を追いかけた。抄訳や部分訳ということになるときりがないが、主なものとしては、時代順にレイン、ペイン、バートン、マルドリュスということになるだろう。最後のマルドリュス以外は英語訳である。それぞれに特徴があるのだが、「(ガランは子ども部屋に)、レインは図書館に、ペインは書斎に、そしてバートンはどぶに」という評言がよく引用される。レインは退屈だが堅実、ペインは難解だが典雅、バートンはエロチックな箇所の誇張がすぎて下品だというわけである。日

サー・リチャード・バートン（1821〜90年）。彼の風貌は「顎は悪魔で額は神」のようであったという

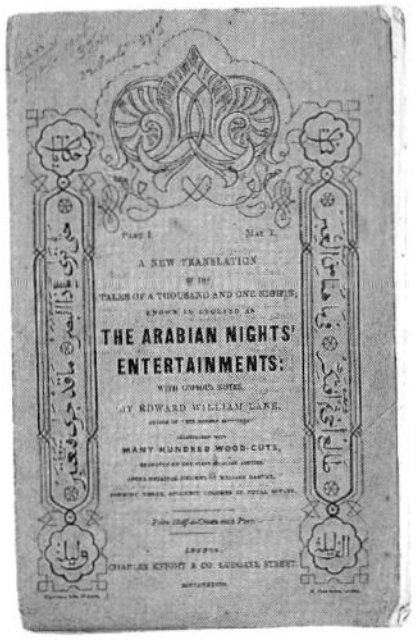

レイン版アラビアンナイト（1838〜41年）

本で翻訳されたものとしてはバートンとマルドリュスがよく知られているのだが、アラビア語原典を基準にして考えるならば、どちらの翻訳にも問題があるとされている。

　バートン、マルドリュスともに性的な誇張がはなはだしいという点が、たびたび指摘されてきた。バートンの注釈にいたっては、まさに注釈のための注釈の感があり、どうしてこのような説明が必要なのだろうと首をかしげる箇所も多い。しかしながら、物語そのものに目を転じると、大げさな表現が目につくものの、一部の例外を除くと極端な創作に走っているわけではない。だがマルドリュス版では、原典にない部分の創作が目立つようである。極端な場合には自作の物語を挿入していることもある。

　マルドリュス版はアラビア語学者からはさんざんな評価を受けたのだが、一般の読者には好意的に迎えられた。マルドリュスの手になるアラビアンナイトは、オリエンタリズムの精華とでも形容すべき作品とされている。アラビアンナイトのガイドブックを著したロバート・アーウィンは「(マルドリュス版は)遅れてきた世紀末趣味の作品であり……、幻想の東洋の絵姿」であると評している。「幻想の東洋の絵姿」は、現実の社会では植民地支配という形で結実した。イスラーム世界をはじめとして、植民地となった地域は背負いきれぬほどの負の遺産をいまだに引きずっている。一人の翻訳者が東方にいだいた夢が、近代史のうねりに翻弄されながら、思ってもみなかった姿へと変身していったのである。

ジョゼフ・シャルル・マルドリュス（1868〜1949年）

子どもの世界へ

　アラビアンナイトは、ガラン、レイン、バートン、マルドリュスらの翻訳によって、欧米人なら誰知らぬ者のない文学となった。十九世紀の欧米では工業力の発展とともに中産階級が成長し、児童文学の面でも大きな転機があった。最初は、チャップブックと呼ばれる安価な民衆本の形で出回ったのだが、経済力をつけてきた中流層は、自分たちのライフスタイルに合致した子弟教育を望むようになった。こうして児童文学というジャンルが確立していく。ファンタジー色の濃いアラビアンナイトは、その格好の題材となった。アラビアンナイトにはエロチックな場面があふれ

ビクトリア朝時代のトレーディングカード。シンドバードがコーヒーを飲んでいるところ

19世紀初期にグラスゴー（スコットランド）で出版されたシンドバードのチャップブック

ているので、そのままでは子どもたちに読ませるわけにはいかない。そこで教訓的な意図をもってリライトされた、子ども向けの作品が次々と世に出ることになった。

フランスでガラン版が刊行中の一七〇六年、イギリスでは「アラビアンナイト・エンターテインメント」の題名でガラン版からの翻訳がおこなわれた。アラビアンナイトという通称はこの時の英語題名に由来している。ガラン版からの翻訳はこの後も続いたが、そのいずれもが「グラブ・ストリートもの（三流文士によるリライト作品）」と呼ばれる粗悪な翻訳だった。

一八一一年、ジョナサン・スコットというイギリス人がガラン版アラビアンナイトを「まともな」英語に翻訳した。この後、次々と出版された子ども向けアラビアンナイトの種本となったのが、このスコット版である。後述するが、日本で最初に翻訳されたアラビアンナイトの底本となったのは、スコット版を底本にして子ども向けにリライトしたタウンゼント版だった。十九世紀以降のイギリスでは、児童文学の名作が次々と発表されたが、この背景にはアラビアンナイトからの影響があったことが指摘されている。イギリスだけではなく、少年時代のアンデルセンやゲーテも、自国語に訳されたアラビアンナイトに親しんでいた。

こうしてアラビアンナイトは、子ども向け物語としての地位を確立し、文字の世界を飛び出していった。今で言う「しかけ絵本」が作られ、マイム劇やのぞきからくりの題目ともなった。マイム劇の演目としてのアラジンは、イギリスでは「シンデレラ」についで最も人気があった。わかっている限りでは、コベントガーデン劇場での上演（一七八八年）が最初であるとされる。ただし、イギリスで演じられてきたアラジンはガラン版とは少し異なり、悪役にはアバナザールという名がつけられていた。マイム劇の「アラジン」は中国人という設定になっているため、ディズニーの映画を見たイギリスの子どもたちはアラブ風のアラジンにとまどったそうである。

さらに時代がくだると、すでに民間にしっかりと根をはっていたアラビアンナイトは、映画という新しい媒体に格好の題材を提供することとなった。一九〇五年のジョルジュ・メリエスによる「千夜一夜物語」を皮切りとして、アラビアンナイトに題材を求めた映画は数多い。最近ではドリームワークスによるアニメ映画「シンバッド―七つの海の伝説」がある。

column

ジンの話

ディズニーの映画「アラジン」では、主人公のアラジンそっちのけで、ランプから出てきたジニーが何でもありの大活躍をする。

このジニー（ジン）というのは、中東全域で古くから信じられてきた超自然の存在であり、いろいろな話に顔を出している。アラビアンナイト第一夜の「商人と魔王との物語」では、商人が放り投げたナツメヤシの種にあたって、ジンの息子が死んでしまう。ジンは姿を消したり、変身したりすることもできた。

イスラーム世界にあっては、ジンは想像の中の怪物ではなかった。コーランがその存在を証明しているからである。コーランには、「ジンの中には、主のお許しを得て彼の前で働く者もいたが、われらの命令に顔をそむける者もいた。このような輩《やから》には業火《ごうか》の懲罰を味わわせた」（三四章一二節）という一節がある。

壺の中から現れたジン（ルネ・ブル画）

ジンの中に、零落した土着神の面影を見ることもできるかもしれない。

ジンにはいろいろな種類がある。威力別に分類されることもあり、マーリド、イフリート、シャイターンなどという呼び名がついている。このほかにも、墓場に登場するグールというジンがよく知られている。このジンは死肉を食らうとされており、「屍鬼」と訳されることが多い。

ちょっと変わったジンとしては、「カビーカジュ」がある。このジンは読書好きの人々にとっては、守護神ともいえる頼もしい存在だった。「カビーカジュ」というのは写本を食い荒らす虫をあやつるジンである。どのような姿をしていたのかまではわからない。写本には「カビーカジュ」の名前を記しているものがある。このジンの名を写本に記しておけば、効き目があると信じられていたからである。

ちなみに「カビーカジュ」という言葉は現代アラビア語にも入っている。意味は「ラナンキュラス」。ラナンキュラスは西南アジアから東ヨーロッパ原産のキンポウゲ科の植物だが、皮膚につくと炎症をおこすラヌンクリンという毒成分を含んでいる。この毒成分が虫除けになったのかもしれないが、確かなことはわかっていない。

百花繚乱の女たち

アラビアンナイトでは、さまざまな女性が活躍する。男の主人公をさしおいて、事実上の主人公となっている話も多い。男まさりの姫君もいれば、純愛をささげる乙女もいるし、毒婦や姦婦《かんぷ》といった表現がふさわしい女性もいる。

アラビアンナイトは一人の作者によってまとめられた物語集ではなく、個々の物語に関しては、インド、ペルシア、メソポタミア、アラブ、ギリシアなどとの関連が指摘されている。したがって、アラビアンナイトの女性像といっても、母体となった物語との関係、語られた時期や地域によって、大きなへだたりがある。

イスラームの考え方にしたがえば、夫は妻を愛情深く保護するべきであり、妻は夫に誠心から仕えるべきである。だが、女性の側から言えば、仕えるべき夫が箸にも棒にもかからぬような最低男であった場合は、不運としか言いようがない。物語を紙上に記録して後世に伝えてきたのは、そのほとんどが男性だったはずであり、中世アラブ世界の女性像を忠実に再現しているとは言いがたいだろう。

イスラーム世界の女性には、ハーレムとベールというキーワードがついて回ることが多く、自由を束縛された生活を送ってきたというイメージが強い。個人財産の所有などに関しては、同時代のヨーロッパ女性よりもはるかに大きな権利を認められていたが、近代以前のイスラーム圏における女性たちは、被抑圧的な地位に甘んじてきた場合が多かった。

だが、アラビアンナイト全体を見れば、情けない男たちを尻目に、華やかに、したたかに生き抜いた女たちの姿が目立つのは否めない。ここではいくつかの物語をとりあげ、百花繚乱の女主人公たちに光を当ててみよう。

男まさりの姫君

アラビアンナイトには、ペルシアの伝統を引くとされる恋愛物語がいくつか収録されている。代表的な物語としては、「アッサイフ・アルアザム・シャーの王子アズダシールとアブド・アルカーディル王の息女ハヤート・アンヌフース姫の恋物語」（第十四巻）、「タージル・ムルークとドゥンヤー姫の物語」（第五巻）などがある。

イスラームが興る以前、現在のイラクがあった地域はサーサーン朝ペルシアの領土だった。バグダードという地名も、イラン系の言葉に由来するとされている。アッバース朝の成立にはイスラームに改宗したペルシア人が大きく貢献したから、アラビアンナイト初期の物語にペルシアからの影響が大きいのは当然の成り行きだっただろう。

これらの物語には、姫の名を耳にしたりその絵姿を目にしたりしただけで、熱烈な恋心

さまざまな色のベールをした中世の女性たち

をいだく王子が登場する。ペルシアの王子タージル・ムルークは、ドゥンヤー姫が作ったレイヨウの刺繍を見ただけで何の脈絡もなく姫を恋してしまう。「いいえ、父上……わたくしが欲しいのは、あのレイヨウの絵を刺したその人なのです。どんなことがあってもその人を自分のものにしたい。それがだめなら……命を絶つつもりです」

だが、王子が恋い焦がれるその姫ときたら、とんでもない男嫌いなのだ。「お父さまが、どうしてもあたくしを結婚させようとなさるなら、その相手を殺してしまいましょう」などと言いだすのである。王子は商人に身をやつしてはるばる王女の国を訪ね、ある老婆を介して恋文を届ける。恋文を受け取った姫の反応は、「一体どういう理由で卑しい者たちの仲間に身を落として、どこの誰ともわからぬ男といっしょになれるっていうの？　なんてこと言うのよ！　くやしいっ！」と、とても深窓の姫君とは思えない。しかもタージル・ムルークに同情して、恋文の使いをつとめた老女に八つ当たりし、散々にいためつけたあげくに、往来に放り出してしまう。

だが、そんなじゃじゃ馬姫も、タージル・ムルークを一目見るや、「姫をしばっていた呪文の縄もはらりとほどけ、若君の男ぶりやのびやかな体つきに目も心もすっかり奪われて分別もどこへやら、わきあがるのは熱い思いばかり」となる。二人はめでたく結ばれ、物語はハッピーエンドで幕を閉じる。

武勇を誇る

「アッダトマー姫とペルシア王子の話」(第十三巻)には、男嫌いのうえに武術でも男を圧倒する姫が登場する。この姫は「戦さのただ中にあって、剣でも槍でもわたくしを負かせるお方でなければ、結婚するつもりはありません。その方がわたくしに勝てば、喜んで結婚いたしましょう。けれども、もしわたくしが勝ったら、そのお方の馬も武器も衣服もわたくしがいただきましょう。そして額には、『この者はアッダトマーの解放奴隷である』と烙印《らくいん》を押させていただきますわよ」と言ってはばからない。

ペルシアの王子バフラームが会ったこともない姫に恋い焦がれ、あまたの財宝をたずさえて求婚にやってくる。立ち会ってみると、バフラームはなかなかの剛の者とあって、アッダトマー姫の旗色が悪くなる。そこで姫は、ベールを脱ぎ捨てて素顔をあらわにする。王子はアッダトマー姫のまたとない容色に魂を奪われ、一瞬のすきをつかれて負けてしまう。

だが、王子も黙っては引きさがらない。老人に変装して庭にしのび込み、姫の気をひいたところで無理やり自分のものにしてしまう。姫はあっさりと心を変え、王子とともにペル

買い物をする女性。ジェッダ（サウジアラビア）の街角で

シアをめざすのである。

男まさりの貴婦人を打ち負かして妻にするという展開は、「ニーベールンゲンの歌」にも登場するが、このアッダトマー姫の物語は、「ニーベルンゲンの歌」のように陰惨な復讐劇へと続くこともなく、からりと晴れ渡った空のようにあとくされのない結末になっている。

バグダードの恋物語

先述したように、アッバース朝のバグダードでは、ペルシア系の知識人が大きな影響力を持っていた。アラビアンナイトで有名なバルマク家もペルシア系だった。八世紀になると、コーラン研究の必要性からアラビア語文法の整備が必要になったが、この時に活躍したのもペルシア系の文法学者だった。こうしてアラビア語は世界的にも最も豊かな言語の一つとなり、さまざまな高級語彙《ごい》が生み出されてペルシア語にも影響を与えた。ペルシア文学にしても、イスラーム以後に飛躍的な発展を見せたのである。

現代のアラビア語とペルシア語はどちらも同じ文字（アラビア文字）で表記されるが、アラビア語とペルシア語はまったく別系統の言語である。当然ながら文化的な伝統も異なっており、両者の間には対抗意識も強かった。

そのせいかどうかはわからないのだが、当時（九〜十世紀）のバグダードでまとめられたとされるロマンスには、ペルシア系のモチーフは登場しない。代表的な恋物語としては、「ヌールッ・ディーン・アリーとアニースッ・ジャリースの物語」（第十三巻）、「狂恋の奴隷ガーニム・イブン・アイユーブの物語」（第三巻）、「アリー・ビン・バッカールとシャムス・ウン・ナハールとの物語」（第六巻）、「ニイマ・ビン・アル・ラビーとその女奴隷ヌウムとの物語」（第七巻）などがある。

これらの物語はペルシア系のロマンスとは異なり、実際に顔を合わせて一目ぼれしあった男女が純愛をつらぬく展開になっている。このような純愛テーマは、イスラーム以前からアラブ遊牧民のあいだで語り伝えられてきたモチーフを受け継いでいるらしい。古いアラブ系ロマンスでは恋人たちが死んでしまう場合が多いのだが、バグダード期にまとめられたものの多くは、少数の例外（「アリー・ビン・バッカールとシャムス・ウン・ナハールとの物語」）を除いてはハッピーエンドになっている。

純愛をささげる乙女

ありあまるほどの財産を受け継ぎながら、人が好いばっかりに落ちぶれてしまったヌー

短刀を手に踊るマルジャーナ（アリババより、ジョン・バッテン画）

ルッ・ディーンのもとには美しい女奴隷のアニースがいた。路頭に迷う寸前にまで追い込まれたヌールッ・ディーンをみかねたアニースは、奴隷市場で自分を売ってくれと言い出す。

「ご主人さま、こういうのはいかがでしょう。今すぐに支度をととのえて、あたしを市場で売ってくださいな。……アッラーの御加護があれば、またお目にかかれることもありましょう」

ヌールッ・ディーンは言われるままにアニースを市場に連れていくが、亡父の宿敵が安値でアニースを買おうとするのにいたたまれず、大立ち回りを演じてしまう。バスラにいられなくなった恋人たちは、チグリス川をさかのぼってバグダードへと逃げのびる。初めての土地とて勝手がわからず、カリフのハールーン・アッラシードの御苑に迷い込んでしまうのだが、アニースの才能と恋人を思う健気さに感動したカリフのはからいによって、めでたしめでたしの結末となる。

「アリー・ビン・バッカールとシャムス・ウン・ナハールとの物語」は、恋人たちの死で幕をおろす。この話はペルシア王家の血をひく貴公子と、ハールーン・アッラシードの寵《ちょう》姫《き》をめぐる悲恋物語として、アラビアンナイト中でも屈指の名作とされてきた。バグダードの、とある店先でたまたま顔を合わせた二人は宿命的な恋に落ちるのだが、カリフの寵姫とあれば逢引もままならない。親切な助力者のおかげで、つかの間の逢瀬《おうせ》を楽しんだまではよかったが、募る思いに胸を焼かれて双方ともに若い命を散らしてしまうのである。

学を修めた女奴隷

アラビアンナイトには学識豊かな女性が数多く登場する。アラブ世界では文学的教養が重んじられ、そのなかでも詩が最高の文学形式であると見なされてきた。口語的表現の多いアラビアンナイトが知識人からかえりみられなかったのは、このあたりの事情とも関係している。

イスラーム以前の社会を「ジャーヒリーヤ」と呼んでいる。文字どおりには「明かりのささない時代」という意味である。呼び名こそ「無明」の時代だが、野蛮で非文化的な社会であったわけではない。イスラーム以前のアラブの遊牧民社会でも、詩は最高の教養だった。部族ごとに名詩人がいて、戦闘の武勲や

中世アラブの写本に描かれた歌姫

恋人たちの物語を歌い上げていたのである。男性詩人ばかりではなく、女性の詩人もいた。当時の女性詩人らの作品ばかりを集めた詩集が残っているほどである。死者を悼む挽歌は、女性詩人によって詠まれることが多かった。

アラビアンナイトでは、見事な学識を披露する女奴隷が活躍する。イスラームには奴隷制度があったが、そのほとんどは家内労働者や軍事奴隷（マムルーク）であり、南北戦争当時のアメリカにおける奴隷制度とは根本的に異なっていた。

イスラーム法では、借金のかたに奴隷になることは禁じられており、女奴隷から生まれた子どもであっても、主人の認知さえあれば自由人となることができた。アッバース朝第一の文人とされるジャーヒズの祖父は、解放された黒人奴隷であったと伝えられるし、ハールーン・アッラシードの宮廷歌手（後にイベリア半島に渡って、アンダルシア音楽の礎を築いた）として音楽史に名を残すジルヤーブも、解放された黒人奴隷だった。時代は下ってマムルーク朝時代には、例外的な出来事ではあったが、女奴隷からスルタンになった女性もいた。言うまでもないが、現在のイスラーム諸国では奴隷制度は法的に禁止されている。

女奴隷といってもその境遇はさまざまだったが、アラビアンナイトでは学問や芸に秀でた女たちが大活躍する。市場で高く売るため、女奴隷には幼いころから歌や踊りだけでなく諸学百般を教え込むこともあった。先にふれたアニースもそのような女奴隷の一人だった。

「市場での相場は金一万ディーナールでありまするが、持ち主が申しますには、一万ディーナールごときでは……（元手を）まかない切れぬと言うのです。それと申しますのも、この娘は書道に文法学、言語学にコーラン学、法学の奥義に神学、医学、年代学を修めており、さらには楽器の名手ときているのでございます」

学を修めた女奴隷ということになると、タワッドゥド（「女奴隷タワッドゥドの話」第七巻）の右に出る者はないだろう。彼女はカリフ、ハールーン・アッラシードの御前で、並み居る男性学者と知識を比べあい、彼らの全員を打ち負かすのである。彼女は、当時知られていた天文学のあらゆる知識や、難解きわまりない法学理論をとうとうと披露する。しかもウード（弦楽器）の名手ときており、褒美《ほうび》としてカリフから賜った楽器を見事にひきこなすのである。

姦婦・悪女

アラビアンナイトを彩るのは、若く美しく

中世の写本に描かれたシバの女王

賢い女たちばかりではない。誰よりも愛してくれる夫を平気で裏切る妻もいる。そもそもアラビアンナイトとは、愛する妻に裏切られた王の失望から始まる物語なのだ。女性の悪知恵をあつかったテーマは、アラビアンナイトが最初ではない。インドに起源を持つとされる「シンティパス物語」は「七賢人物語」としてローマ世界にも広まったが、この物語では男を裏切る不実な女たちをめぐってストーリーが展開していく。「商人アブド・アッラフマーンとその息子カマル・アッザマーンの物語」(第十八巻)は、比較的新しい時代の物語だろうとされているが、ここでは、不器用かもしれないが誠実な愛をささげる夫など屁とも思わずに、まっしぐらに不倫に走る妻が登場する。

　カマル・アッザマーンはバスラから来たダルウィーシュから、この上もなく美しい人妻の話を聞き、是が非でも会ってみたいと思うようになる。はるばるバスラに出かけてうまくコネをつけ、くだんの美女と近づきになることができた。ペルシアの姫君は、遠くからやってきた見知らぬ男など鼻にもひっかけないのだが、この人妻は「一晩だけなんて、絶対にいや。一日だって、一カ月だって、一年だって満足できません。一生あなたに添い遂げたいの。ちょっとだけ待ってくださいな。あなたのために……策をねって、二人の夢を実現しましょう」と言い出して、離婚するための策略を考え出す。

　その策略というのは、隣の家に抜け穴を掘ることだった。このトリックはギリシアに先行例があり、紀元前三世紀の文学作品に同じ形で登場している。会ったことのない美女に突然恋心をいだいてはるばる出かけて行くというのは、ペルシア系ロマンスの約束ごとだった。カマル・アッザマーンの話には、十五世紀末に初めてアラブ社会に入ったとされるコーヒーが出てくるため、この話は十六世紀以降のエジプトで作られたのだろうとされている。アラビアンナイトの舞台がバグダードからカイロに移るころには、物語のパターンが出つくしていたのかもしれない。

　結局、この不倫妻は首尾よく夫の財産をかすめ取り、まんまとバグダードに入るのだが、最後は神罰がくだって、後を追ってきた夫の手で成敗されることになる。

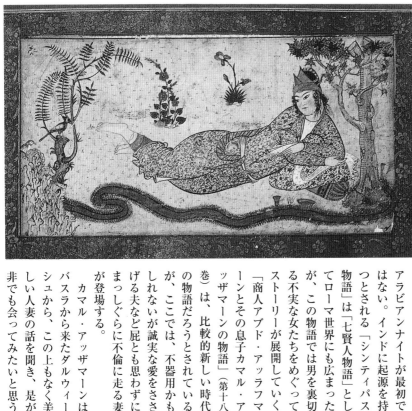

荷担ぎ屋と三人の娘の物語

第9夜〜第10夜

山のような荷物を運び込むと、お屋敷には三人の美しい娘がいた（レオン・カレ画）

バグダードで荷担ぎをしている男がいた。ある日のこと、声をかけてくれる買い物客を待っていると、金糸で刺繍した衣服をまとった娘が近づいてきた。荷担ぎは娘の買い物についていき、「シリアのリンゴ、オマーンの桃、アレッポのジャスミン、ダマスカスの睡蓮、エジプトのレモン」、「ピスタチオの実、ブドウ、アーモンド」、「ムシャッバク、カターエフ、サーブーニヤ、アクラース、ラキーマートなどの菓子類」、「バラの香水、睡蓮の香水、ヤナギの香水」、などをお邸まで運ぶことになる。

邸に着いた娘がベールをとると、花のような白い額、アネモネのような紅の頬、ガゼルのような黒い瞳、ラマダーンの新月のような優美な眉、珊瑚のような赤い唇、真珠のような歯、ザクロを並べたような胸が現れた。

　この邸には美人の三人姉妹が暮らしているばかりで男の気配のないのを見てとった荷担ぎは、詩のやりとりをしながら姉妹と打ち解けていく。贅《ぜい》をこらした酒宴が始まると次第に酔いが回り、ふざけあううちに一人の娘が衣服を脱ぎ捨てて庭の泉水に身を投じ、自分の隠しどころを指差して謎をかけてくる。やがて、二人目の娘も三人目の娘も、最後には荷担ぎまでもが衣服をかなぐり捨てて泉水の中で戯れる。

「これはなあに?」「あなたのラヒムですよ」「まあ、そんなことを言って恥ずかしくないの!?」「あなたのファルジュです」「なんていやらしい人!」「あなたのクッスです」「本当に下品な方ね!」「あなたのズンブールです」「あきれた!」「じゃあ何と呼べばいいんですかい?」「土手を覆うメボウキ（バジル）の茂みじゃないの!」

「じゃあ、私のこれは何です?」「あなたのアイルじゃないの」「違うね、これはいきり立ったロバなんだ。土手のメボウキが好物でね」

　水の中での悪ふざけにも飽きると酒宴の場所を変え、食事を楽しみながら恋物語に時間をつぶすのだったが、やがて門をたたく音が聞こえ、ペルシアから来たという三人の遊行僧が一夜の宿を求めてくる。遊行僧は三人ともに左目がつぶれていた。邸に招き入れられた遊行僧らは、数奇な身の上にまつわる話を始め、バグダードの邸で始まった陽気な悪ふざけの世界が不思議な物語へとつながっていく。

娘たちは衣服を脱ぎ捨てると泉水に飛び込んで悪ふざけを始める（アルバート・レッチフォード画）

第二の遊行僧の話

第11夜〜第12夜

「わたくしはさる国の王の息子でありましたが、叔父が治める町を訪れては長く滞在をするならわしになっておりました。ある日のこと、日ごろから仲のよい従弟がベールをつけた女性をともなってわたくしのもとを訪れ、暗くなったら一緒に墓地に行ってはしいと言うのです。墓地へとおもむきますと、二人は墓穴の中に入っていきました。従弟が申しますには、自分たちが穴の中に入っていったら、元通りに蓋をしめて土をかけ、誰からもわからぬようにしてほしいとのこと。言われたとおりにしたものの後悔の念にさいなまれ、翌日から墓の場所をさがしましたが、どうしたことかその場所がさっぱりわかりません。

何ということをしてしまったのだろうと心も千々に乱れ、父のもとをめざして帰路を急ぐ道中、襲われて故郷へとひきたてられ、旧敵である宰相の前に連れていかれました。じつは宰相は謀反を起こしてわが父なる王を殺め、自らが権力の座についていたのです。かつて、不運な事故のせいで宰相の片目を奪ったことがあるのですが、宰相は今こそ復讐の時がきたとばかりに、わたくしの左目に指をつっこむと、これをえぐりだしてしまいました。そして家来に命じて野のほとりでわたくしを斬るように命じたのですが、幸い情けを受けることができて叔父のもとへとたどり着くことができたのです。

叔父は行方のわからぬ息子の身を案じていました。今度は幸いにして墓場所がわかり、叔父と共に墓の中へと入っていきました。墓の中は火事でもあったかのように煙が充満していましたが、ややあって広間に到着すると、そ

片目を失った三人の遊行僧が不思議な物語を始める（19世紀半ば）

こにはさまざまな食糧と共に天蓋つきの大きな寝台がありました。そしてその寝台の上では、抱き合った男女が炭のように黒こげになった姿で横たわっていたのです。取り乱した叔父が言うには、この二人は実の兄妹でありながら道にはずれた恋におぼれ、このような末路を迎えることになったのでした。

　驚く間もなく父王を殺めた宰相の軍が叔父の町に攻め寄せ、不意打ちをくらった町はなすすべもなく敵に降ってしまったのです。混乱のさなかに叔父は落命し、わたくしは人相を変えるために髭をそりおとしてからくも町を脱出しました。そうこうするうちにバグダードに到着し、身の行く末を案じておりますうちに、自分と同じように片目を失ったこれなる二名の遊行僧に出会ったわけでございます」

墓地へと赴くと、二人の男女は墓穴の中に入っていった（スタンリー・ウッド画）

第二の遊行僧の話

第12夜〜第14夜

「わたくしはさる国の王の息子でありましたが、父王の使いとなってインドに旅立ちました。海を渡って陸地に至り、旅を続けるうちにベドウィンに身ぐるみはがれてとある町にたどり着きました。その町は父王の仇敵が治める場所でした。わたくしは樵《きこり》に身をやつし、薪を切って世過ぎをしていたのですが、ある日のこと、大地に埋もれた

ベドウィンに追われて命からがら逃げ出したが……（スタンリー・ウッド画）

木の引き戸を見つけて地下へと降りていきました。

　そこにはたぐい稀なる美女がおり、睦みあいながら一夜を過ごしたのです。ところがこの美女は、イフリート（ジン＝魔人の一種）の愛人だったのです。姿を現したイフリートは怒り狂い、女を責めぬくのですが、女はわたくしへの操を立てて口を割ろうとはしないのです。ついにイフリートは剣をふるって女の四肢を切り落としました。女はいまわの際にわたくしの方に視線を定め、目でもってこの世の別れを告げたのでした。それを見たイフリートはますます激昂し、わたくしを猿の姿に変じてしまいました。

　運良く船頭に拾われて船での生活を送ることになりましたが、人の姿のころに磨いた書道の腕前はいささかも衰えておらず、さまざまな書体で詩を書き分けたりしていました。そのうちに、とある町の王に献上されることになりました。その王の姫君は魔法の技に通じており、わたくしを一目みるや素性を見抜いたのでした。

　王はわたくしを人の姿に戻すことを望まれたので、姫君は呪文を唱えはじめました。と、あのイフリートがすさまじい形相で現れたと思うと、たちまちのうちにライオンの姿に変じて姫君に襲いかかりました。姫君が頭髪を抜いて剣に変え、その剣でライオンを撃ちますとライオンはサソリとなり、姫君は蛇の姿となって死闘を繰り広げるのです。こうやって片方が鷲になればもう片方は禿鷹となり、片方が黒猫に変じればもう片方は狼犬の姿をとるということを繰り返すうち、イフリートはザクロとなって砕け散り、姫君は雌鶏となって砕けたザクロをついばみました。戦いはなおも続き、双方、火を噴きながらの激闘となりましたが、イフリートが発した火花がわたくしの片目に入ってこれを潰してしまいました。

　しかし、姫君がイフリートを焼き殺してくれたおかげで、再び人の姿に戻ることがかなったのです。ですが姫君はイフリートと相討ちとなって魔性の火に焼かれ、一握りの灰と化してしまわれたのです。王の嘆きは尋常ならず、わたくしはその国を去ることになりました。そうこうするうちにバグダードに到着し、自分と同じように片目を失ったこれなる二名の遊行僧に出会ったわけでございます」

魔法に通じた姫君は一目で猿の正体を見抜いた（スタンリー・ウッド画）

第二の遊行僧の話

第14夜〜第16夜

「わたくしはさる国の王の息子でありましたが、父王亡き後に位を継ぐと生来の航海好きが頭をもたげ、船を仕立てて海に乗り出したのです。ですが、二十日も行かぬほどに磁石の島に漂着いたしました。この島は全島が磁石で出来ており、鉄という鉄を吸い寄せてしまうのです。島にある山の頂には銅の騎士像がありました。夢のお告げが言うには、わが脚の下より弓矢を掘り出し、あれなる銅の騎士を射よ、別の銅人が漕ぐ舟がやって来るからそれに乗って平安の海へと至れ、ただし、一言も発してはならぬとのこと。わたくしはその通りにしたのですが、平安の島々を目の前にして喜びのあまりにアッラーの御名をたたえましたところ、たちまちにして船は転覆し、泳ぎ続けるうちにとある浜辺に流れ着いたのです。

　やがて、彼方より船が来て、父子と思われる老人と少年が黒人奴隷を連れて下船してまいりました。奴隷たちが大地を掘ると、地中に通じる揚げ戸が現れ、食糧を携えた少年のみがそこに入っていくのです。やがて、老人と奴隷は島を去っていきました。揚げ戸をあけて中に入っていきますと、美麗な調度がそろった中に先ほどの少年がおりました。少年が打ち明けるには、自分はさる国の公子であるが、銅の騎士を射た者の手によって十五の歳に落命するという予言があったので、こうやって身を隠しているのだと言うのです。わたくしはそのようなことがあるものかと誓言し、真心をこめて少年の世話をいたしました。

　ある日のこと、少年が砂糖をかけたスイカを所望したのでナイフをさがしておりますと、足がすべった拍子にナイフが少年の胸に突き刺さり、不吉な

この島は磁石でできており、鉄という鉄を吸い寄せてしまう（スタンリー・ウッド画）

予言の通りになってしまいました。アッラーが定めたもうたことは、必ずその通りになるのです。

潮が引いたので陸地へと渡り、歩き続けるうちに火炎のごとくに光り輝く真鍮の御殿にたどり着きました。そこには老人が一人と左目の潰れた若者が十人暮らしておりました。若者たちは綺麗な顔を煤で黒く塗り、余計なことをしたばっかりにこのような目にあうのだといいながら嘆き悲しむのです。好奇心を抑えがたく、その理由を訊ねました。彼らは雄ヒツジの皮をはぐとその中に入るようにうながしました。そして、ルフと呼ばれる巨鳥がやってきて雄ヒツジの皮をつかみ、とある山の上におろすだろう、そこには不思議な宮殿があるから、中に入っていくようにとのことでした。

わたくしはその通りにして不思議な宮殿にたどり着き、中に入っていきますと、そこには、満月のような美女四十人がおりました。ありていに申しますと、その城で一年の間、いずれ劣らぬ美女たちを相手に歓楽の昼と夜を過ごしたのです。

海に船出したものの、磁石の島のせいで大破してしまった（レオン・カレ画）

ある時、美女たちは城を離れることになり、わたくしに部屋の鍵を手渡しました。この城には四十の部屋があるが、四十番目の部屋は絶対にあけてはならないと言うのです。最初の部屋から順繰りに鍵をあけていきますと、どの部屋もこの世のものとも思われぬ趣向がこらされたそれは見事なものでした。

どうにも好奇心を抑えがたく、言いつけに背いて四十番目の部屋をあけますと、あまりの芳香に気が遠くなってしまいました。目を覚まして中に入っていきますと漆黒の馬がたたずんでいます。これに跨ったと思うまもなく馬はたちまちに翼を広げて虚空へと駆け上り、わたくしを振り落としてしまいました。その時、馬の尾がわが左目にあたって潰してしまったのです。馬から落とされた場所には、いつぞやの片目の若者がそろっておったのですが、わたくしを仲間に入れるわけにはいかぬと言い張るのです。せん方なく髭をそりおとしてさまよい歩くうちにバグダードへと到着し、身の行く末を案じておりますと、自分と同じように片目を失ったこれなる二名の遊行僧に出会ったわけでございます」

せむしの物語

第25夜〜第34夜

話の発端

今は昔、中国に気前のよい仕立屋がいた。ある時、妻とともに外出するとんだ。

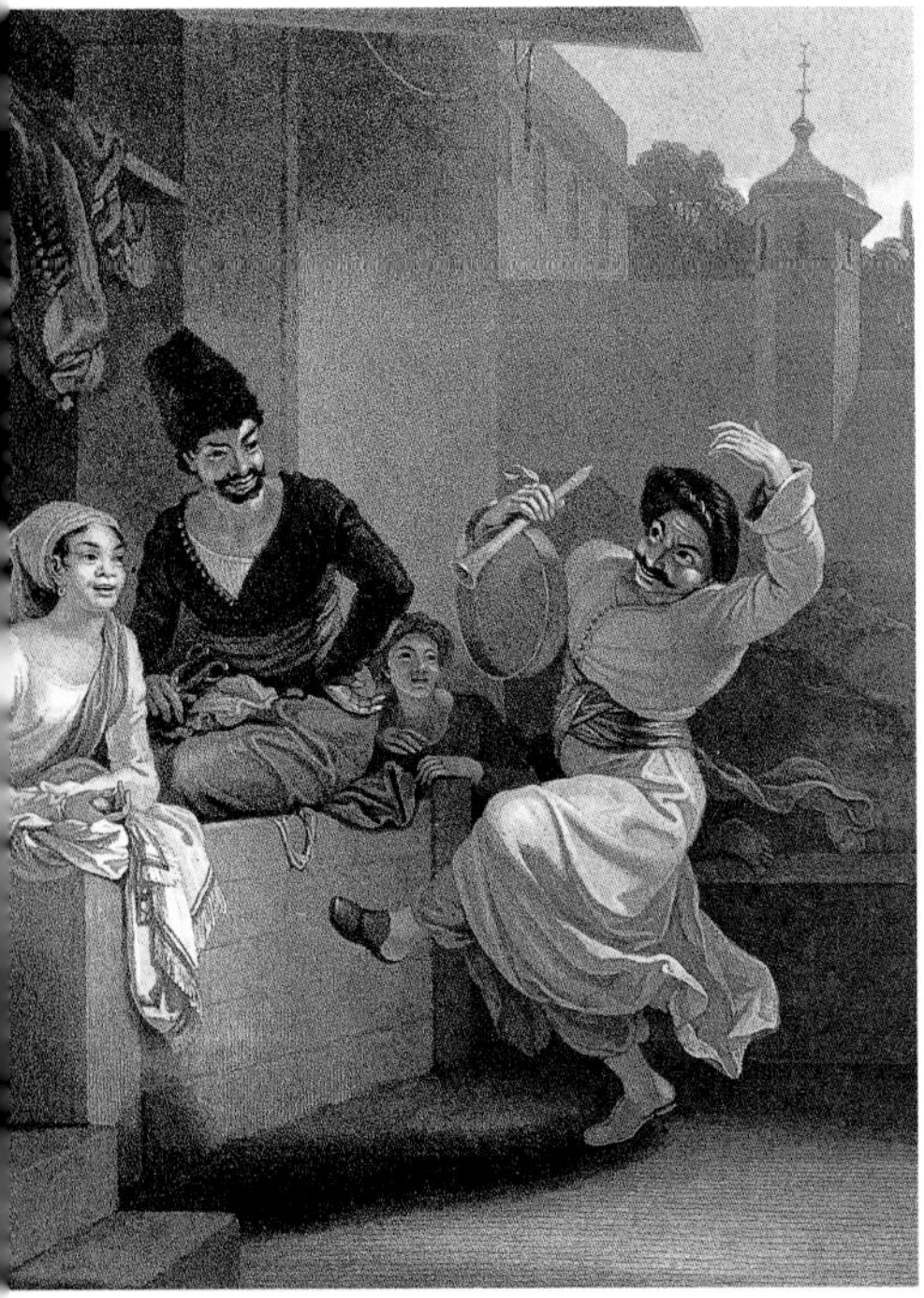

市場で楽しげなせむしの男に出会い、家に招くことにした（ロバート・スマーク画）

一人のせむしに出会ったので、共に飲み食いしようと誘った。男は喜んで仕立屋の家まで同行し、仕立屋は市場に出向いて魚のフライや菓子類を買いこんだ。

食事の用意ができると、仕立屋の妻はごちそうを並べ、噛んだりせずに一気に食べるんだよと言いながら、魚のフライを男の口に押しこんだ。ところが、フライには太い骨が入っていたも

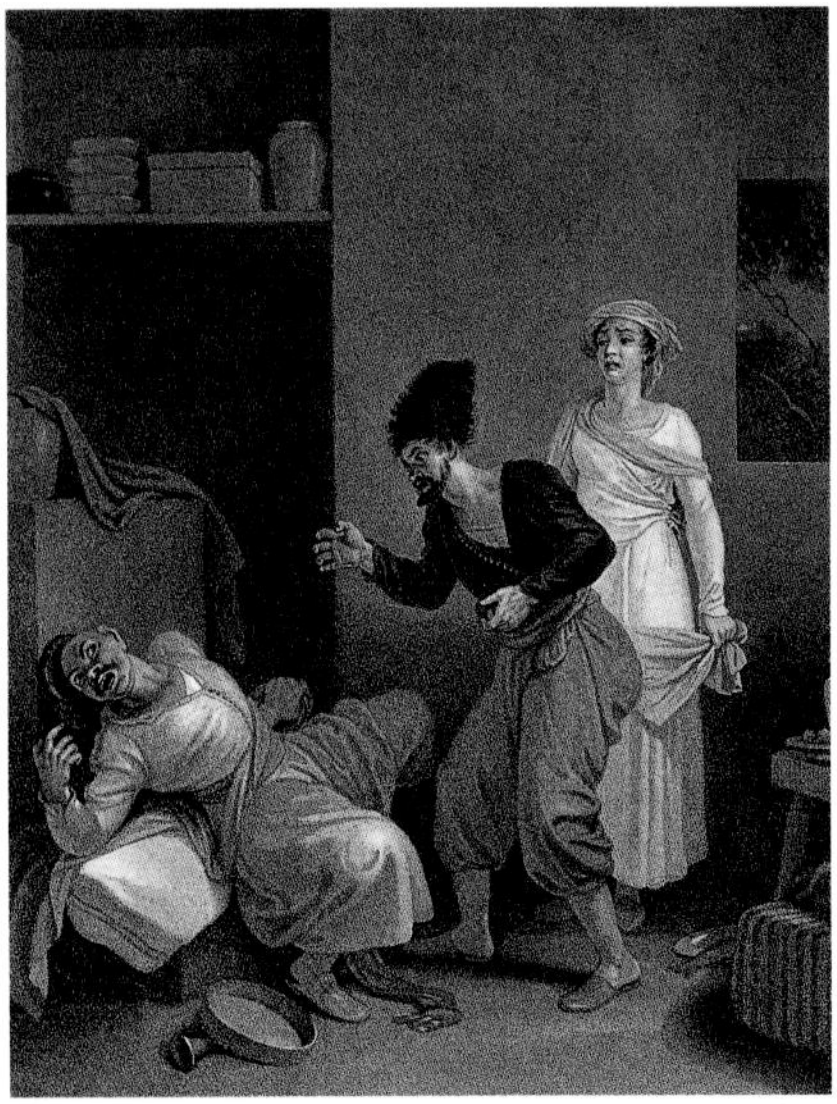

魚のフライを口に押し込んだところ、これがのどにつまってしまい……（ロバート・スマーク画）

思い切りけとばすと、男の死体は階段を転げ落ちて……
（ロバート・スマーク画）

のだから、喉につまらせたかと思うと、男はあっという間もなく息をひきとってしまった。

仕立屋は仰天したが、妻は落ち着いて善後策をひねり出した。

「さあ、気をとりなおして死体を抱き上げるんだよ。あたしが先に行くからあんたはこれを担いで後からついてらっしゃい。道すがら、こう言うんだよ『これ、せがれ、しっかりせいよ。今から医者のところに連れていってやるぞ』ってね」

仕立屋は男の死体をかかえ上げ、「アッラーよ、お助けください、せがれや、どこが苦しいんだい」などとわめきながら、とある家を目指して道を急いだ……。

ユダヤ人の医者、死体を発見

そうこうするうちにユダヤ人の医者の家にたどり着いた。仕立屋の妻は、「病気のせがれを連れてきたので、ぜひとも先生の診察をお願いします。四分の一ディーナールを持参しましたので、どうかお収めくださいまし。せがれはすっかり弱っておりますので、先生にここまで降りて来てもらうように伝えてくださいな」と言った。

使用人が階段を上って部屋の中に消えていくと、妻は夫をせきたてた。「さ、早く、それを階段の上まで担いでおいでよ。それがすんだら大急ぎで逃げ出さなくっちゃ」。仕立屋はせむしを階段の上まで担ぎ上げると、夫婦そろって一目散に逃げ帰った。

ユダヤ人の医者は四分の一ディーナールを見るとすっかりうれしくなり、そそくさと門をあけて外に出た。

と、戸口のところに横たえてあった男の死体を蹴飛ばしたので、死体は階段からまっさかさまに墜落してしまった。それを見た医者は仰天し、あわててかけよったが、もとより本物の死体だから息をしているはずがない。

泡を食った医者は家に駆け戻って妻に相談した。妻が言うには「何をあわてているのよ。さ、死体を担いで屋根に上がんなさいな。近くのムスリムの家に放りこんでしまいましょう」……。

お台所監督、死体を発見

さてそのムスリムというのは、スルターンのお台所監督を務めていた。仕事がら、家の中にさまざまな食料品を蓄えてあるのだが、毎日のように猫やネズミや犬がやって来ては、ヒツジの尾の脂身や何やかやをちょろまかしていくのだった。

ユダヤ人とその妻はよっこらしょとばかりに死体を屋根に担ぎ上げると、お台所監督の家の中に放りこみ、後をも見ずに家まで逃げ帰った。外出から戻ったお台所監督がロウソクに火を灯して階段を上がっていくと、通風孔の近くに人影が見える。大事な食料品を盗っていたのはさてはこやつに違いないと早とちりし、大きな槌をつかむといきなり相手の胸をなぐりつけた。

相手はひとたまりもなく卒倒し、しまった、力を入れすぎたと仰天しながら様子をうかがうと、もとより本物の死体だから息をしているはずがない。うろたえたお台所監督は死体を担ぎ上げ、

さてはこいつが犯人かと思って思い切りなぐりつけた（ロバート・スマーク画）

スーク（市場）目指して家を出た……。

クリスチャンの仲買人、死体を発見

さて、お台所監督はとある小路に死体をたてかけると、早々にその場を退散した。そこに通りかかったのがクリスチャンの仲買人。一杯機嫌でよろめきながら、死体の側にやって来ると立小便を始めた。ふと見ると側に誰かが立っている。仲買人はターバン泥棒の被害にあったばかりだったので、さてはこいつもターバンをねらっているなと早とちりし、拳をかためて顎の付近をなぐりつけた。

相手はひとたまりもなく卒倒したので、その上に馬乗りになってなおもなぐりつけていると番人がやって来た。見ると、組み敷かれた方はすでに絶命している。仲買人はお縄となって太守のもとにしょっぴかれた。

朝になって太守がお出ましになり、裁きが始まった。人殺しは縛り首ということでクリスチャンの仲買人の首に縄がかけられようとすると、まかり出たお台所監督が言うには「自分こそがまことの下手人。その人の首から縄を

馬乗りになってさんざんなぐり続けているところに……（ロバート・スマーク画）

はずしてくださりませ」。お台所監督の首に縄がかけられようとすると、まかり出たユダヤ人の医者が言うには「自分こそがまことの下手人。その人の首から縄をはずしてくださりませ」。ユダヤ人の医者の首に縄がかけられようとすると、まかり出た仕立屋が言うには「自分こそがまことの下手人。その人の首から縄をはずしてくださりませ」。

そこに使者が到着し、一同そろって国王のもとに参内すると、国王は「これよりも不思議な話を存じているものはおるか。いるならば全員の命を助けよう。いなければ全員が死刑じゃ」と言った。まずはクリスチャンの仲買人が右手を失った若者に会った話を聞かせ、それに続いてお台所監督の物語が始まった。

お台所監督の話

昨夜、ある集まりに出席してジールバージャ（クミン入り鶏の煮込み料理）をいただいたのですが、中に一人だけ、どうしても手をつけようとしない若者がおりました。理由を訊くと、ジールバージャを食べる時には石鹸で四十ぺん、灰汁で四十ぺん、糠で四十ぺん手を洗うと決めていると言うのです。見るとその右手には親指がありません。不思議に思ってわけを訊ねると、こんな話を聞かせてくれました……。

「ある日のこと、店番をしていると雌ラバに乗った女性がやって来ました。ベールをあげて顔を出すと、今まで見たこともないような美人です。わたしは一目で恋に落ちたのですが、時間の経過とともに縁が深まり、とうとう部屋に招かれるまでになりました。その人はハールーン・アッラシードさまのお妃ズバイダさまの女奴隷なのですが、わたしと契りを結びたいと願い出たところ、ズバイダさまのお返事は、一度この目でその相手を見てからにしよう

何てこと、ジールバージャを食べた後で手を洗わないなんて！（ロバート・スマーク画）

というものだったのです。わたしは櫃《ひつ》に隠れて首尾よくハーレムへと潜入し、ズバイダさまのお力添えもあっていとしい人との婚礼準備が整いました。

さて、妻となる人がハンマーム（公衆浴場）に出かけている時にジールバージャの卓が出てきました。わたしは浮かれておりましたので、ジールバージャを残らず腹におさめた後は、指をぬぐっただけで洗うことはしなかったのです。

いよいよお床入りとなって花嫁をかき抱いたのですが、妻はわたしの指についたジールバージャの臭いをかぎつけると金切り声をあげました。『何て人なのよっ！　ジールバージャを食べて指を洗わないなどということがあっていいものですかっ』。妻はなおも叫び続け、わたしを警官のところに連れていって手を切ってしまえと言い張るのです。わたしは言い返したのですが妻は聞き入れず、とうとう手足の親指を全部切られてしまいました。それからというもの、ジールバージャを食べる時には必ず百二十ぺん手を洗うことにしているのです」

ユダヤ人の医者の話

わたしは若かったころにダマスカスで医学の修業にはげんでおりましたが、ある時、総督のお邸から使いが来て、若殿の診察を頼まれました。お屋敷に出向いて病人の脈をとり、処方を書きなどするうちに容態も安定し、うちそろってハンマームに出かけるほどになりました。若殿が衣類を脱ぎますと、なんと右手首から先が切り落とされているのです。いぶかるわたしの心中を察し、若殿は不思議な身の上話を聞かせてくれました……。

「わたくしの叔父たちには息子がなかったので、誰もがわが子のように可愛がってくれました。ある日のこと、金曜の礼拝がすんだ後で世間話に花が咲き、父や叔父が口を極めてカイロをほめ称えるのを聞くうちに、この大都会に寄せる思いがふくらみ、父に頼みこんでカイロに向う叔父たちに同行したのです。父の意向もあってわたしはダマスカスにとどまり、とある屋敷で暮らしておりました。

ある日のこと、年頃の女が屋敷の前を通りかかりますので、目配せしてみますとその女はためらうことなく屋敷に入ってきたのです。わたしはすっかりのぼせあがって料理やら果物でもてなし、ついには夢のような一夜を過ごしたのでした。女が言うには三日後にまた来るとのこと。このようにして何度か交情を重ねるうち、今度は別の女を連れてやって来ました。最初の女が、今晩はこの女の人と寝てちょうだいと申しますので、その通りにしたのですが、明け方、異様な気配に気づいて目を覚ますと、なんと共寝した女の首が胴体から離れてころりと転がったではありませんか。わたしは女の亡骸を装身具と共に埋め、家主に一年分の賃料を払うと叔父たちを頼ってカイロへと向かったのです。

　三年後、ダマスカスに舞い戻り、すでに持ち金は使い果たしておりましたので、亡くなった女の首飾りを持ってスークで売り払いました。しかし、この首飾りは盗品であると届け出た人がいて、わたしは疑いを晴らせぬままに右手を切り落とされたのです。

　くだんの首飾りは総督の姫君のものであることがわかり、総督のお屋敷に連れていかれました。首飾りがわたしの手に渡ったいきさつを話すと、総督は涙を流しながら、女たちの身元を明かしてくれました。じつは二人ともに総督の娘でしたが、姉の方は夫と死別して実家で暮らすうちによくない遊びをおぼえ、ついには妹をともなってわたしの屋敷を訪れるようになったのです。しかし、あの晩、嫉妬にかられて妹を手にかけてしまい、それからは泣き暮らしているというのでした。総督は末の娘御をわたしに嫁がせてくださり、今は不自由なく暮らしているのです」

家に入ってきた年頃の女性と、ねんごろな仲になった（ロバート・スマーク画）

仕立屋の話

　つい昨日のこと、わたしは近所で開かれた結婚披露宴に出席しておりました。宴のさなかにバグダードから来たという若者が入ってきたのですが、見ると片足をひきずっておりました。腰をおろそうとした若者は一座に連なっていた床屋に目をとめると、たちまちのうちに血相を変えて、そそくさと出ていこうとするのです。一同、あわてて若者をひきとめ、その理由を訊ねましたところ、次のような話を聞かせてくれました……。

「わたしはバグダードの豪商の一人息子でしたが、父亡き後は遺産を頼って優雅に暮らしておりました。ある日のこと、街なかのベンチに腰をおろしていると、向かいの家の窓が開いて満月のような娘が顔をのぞかせました。一目見るなり恋のとりことなり、その人を思うあまりに病みついたようになってしまったのですが、幼いころから面倒を見てくれたばあやが気をきかせて仲をとりもってくれたのです。

　逢引きの段取りも決まったので、わたしはハンマームに行って身ぎれいにする前に頭を剃ろうと思い立ち、床屋を呼びよせました。そうしてやって来たのが、そこにいる厄病床屋だったと

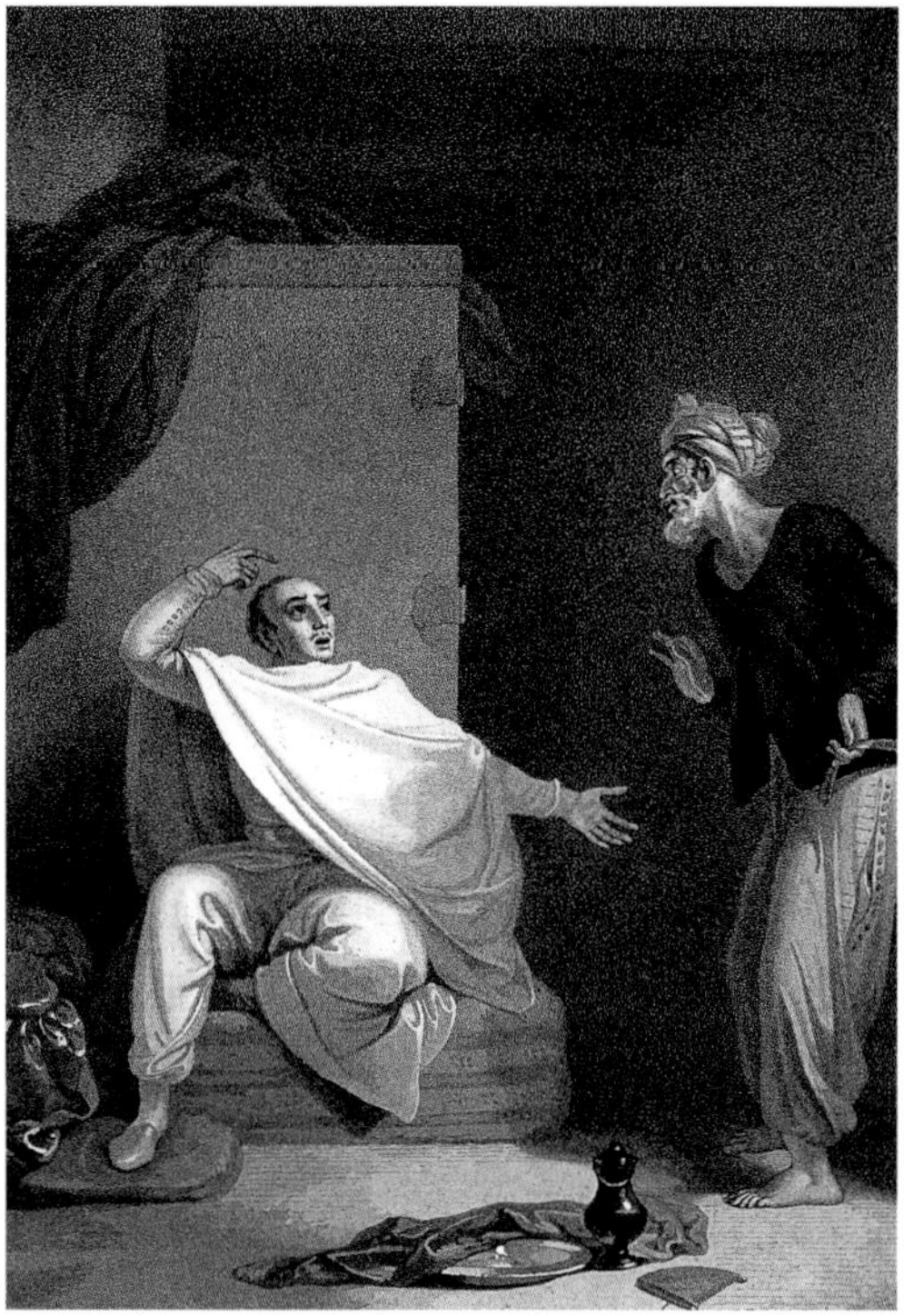

いまいましい床屋はおしゃべりに夢中になり……（ロバート・スマーク画）

おせっかいな床屋は櫃を担ぎ上げると……（ロバート・スマーク画）

いうわけです。床屋めはべらべらといらぬことをしゃべり続け、いつまでたっても頭を剃ろうとはしません。アストロラーブ（天体観測儀）を取り出してはもったいぶった講釈をかまし、はては自分の宴会用にと言って客用の料理をせびる始末。

　やっとのことで床屋を厄介払いすると、いとしい人の家に急いで首尾よく娘の部屋に入ることができたのです。ですが、あのいまいましい床屋めは、なんと、娘の家の前に陣取っておりました。

　さて、たまたまこの家の主が間違いをしでかした奴隷をひどく叱りつけたのですが、叱られた奴隷が金切り声を出してわめいたので、仲間の奴隷たちが騒ぎはじめました。これを聞きつけた床屋めは、てっきりわたしがなぐられたものと早とちりし、大騒ぎを演じてくれたのです。野次馬が加わって大変な騒動になったので、泡をくって部屋にあった櫃に身を潜めました。

床屋めはとうとう部屋までおしかけてきて、わたしが隠れていた櫃を担ぎ上げると往来を走り出したではありませんか。わたしは仰天して死に物狂いで櫃の蓋をあけ、勢いあまって道を転がると脚を傷めてしまいました。片足をひきずりながらバグダード中を逃げ回ったのですが、あのくそいまいましい床屋めは、どこに行こうと必ずわたしの後を追っかけてくるのです。

　わたしは意を決して財産を分配し、床屋の手から逃れてきたのですが、なんとこのような場所であいつに再会しようとは思ってもおりませんでした」

五番目の兄の話

　仕立屋は続いて、床屋の六人の兄の話を始める。聞き手の国王を満足させられなければ、せむしの頓死に連座した全員が死刑になる。仕立屋が命を賭けて続けた話の顛末は？　以下は床屋の五番目と六番目の兄の話。

「五番目の兄は両耳たぶを切り取られております。兄は父親が残した遺産を元手にガラス器を買い込み、往来に並べて他愛ない空想にふけっておりました。『このガラス器を売り払った金で商品を仕入れ、それを繰り返して大金を稼ごう、それから大臣の娘に結婚を申し込んで千ディーナールばかりを結婚資金にする。首尾よく娘を嫁にもらって、花婿さまの前にひれふす嫁を足蹴にしてくれるのだ……』と、ここまで想像した兄は本当に足を蹴り出してしまい、ガラス器は粉々になってしまいました。その後、すったもんだがあって追放の憂き目にあったのですが、わたくしが引き取って面倒を見てやったのです」

六番目の兄の話

「六番目の兄は唇を切り取られております。兄は物乞いをして暮らしておりましたが、ある日のこと、さるお屋敷に入っていくとそこの主人が快く迎えてくれて、次々とご馳走を運ばせてくるのですが、実は何もないのに飲んだ

このガラス器を売って金をもうけ、ゆくゆくは大臣の姫と結婚しよう（ロバート・スマーク画）

り食ったりのふりをしているのです。兄は主人の冗談につきあいながら、見えない料理を味わい、見えない酒を賞味していました。主人はおおいに喜び、今度こそは本物の料理と酒で兄をもてなし、二人は二十年におよぶ親交を結んだのですが、主人が亡くなると財産は没収され、兄は旅の途中でベドウィンに捕まって唇と男のしるしを切り取られたのでした。運良く兄の消息を知らせてくれた人があり、わたくしが引き取って面倒を見てやったのです」

見えない酒盃をかたむけ、見えない皿をつつきながら談笑しました（ロバート・スマーク画）

話の顛末

仕立屋が話を続けるには「というわけで、わたしたちは床屋をひっとらえ、一同で飲み食いを楽しみました。そうしてから家に戻りますと、女房が仏頂面をしながら、『自分だけ楽しんでくるのはずるい』などと言うので、共に外出してこのせむしを連れ帰ったのでした」。

国王の御前に連れてこられた床屋はせむしの死体を一目見ると、鉗子《かんし》を取り出して死体の喉につっこみ、魚の骨を引き抜いた。と、男はたちまち息を吹き返したので国王は大笑いして一同を赦し、それぞれに褒美を与えたのだった。

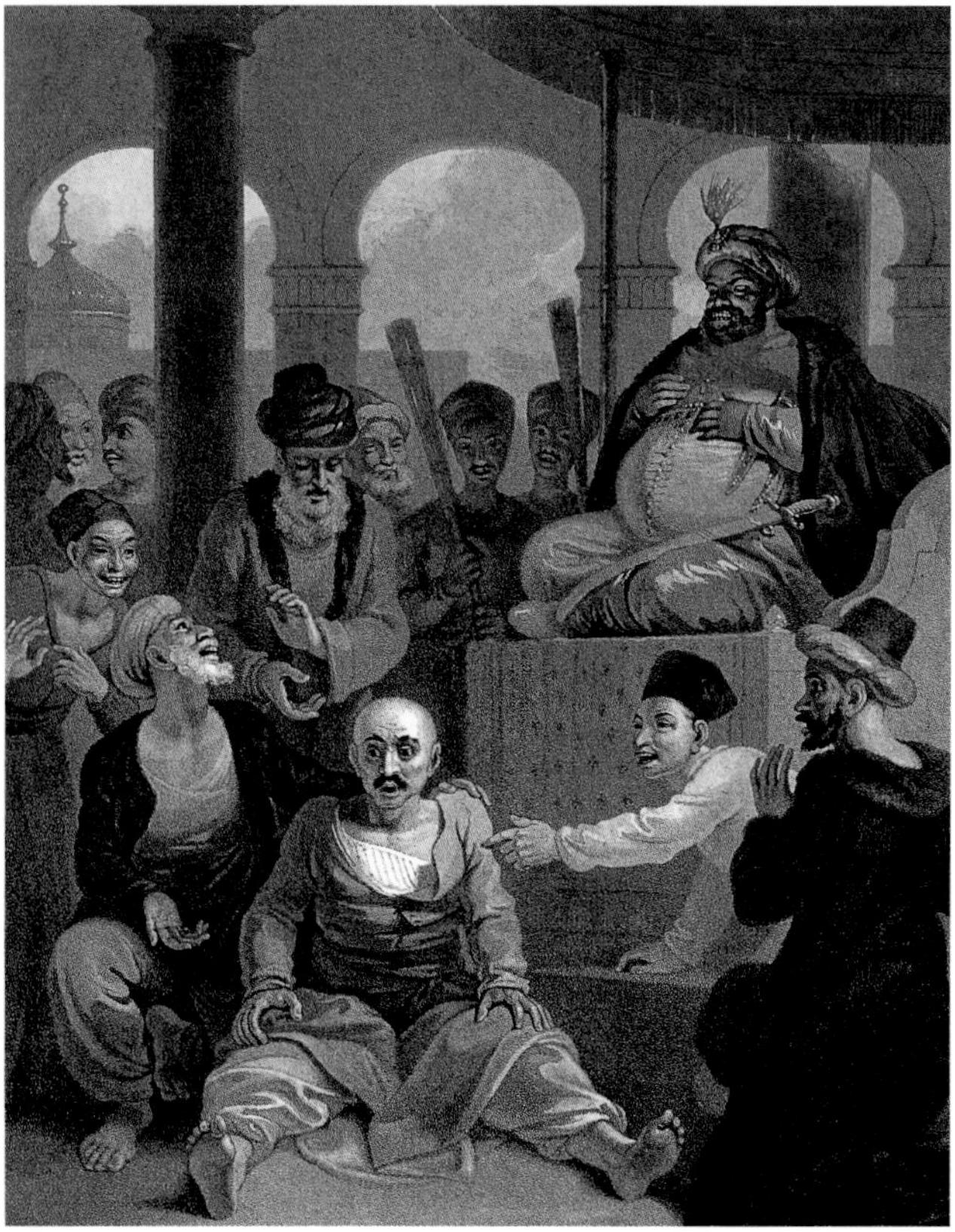

骨を抜き取るやいなや、男は起き上がった（ロバート・スマーク画）

都市の生活

アラビアンナイトの舞台となるのは、バグダードやカイロといった当時の大都会である。童謡「月の砂漠」のイメージなどから、砂漠を駆ける遊牧民の活躍を期待する人もいるかもしれない。だが残念ながら、アラビアンナイトに登場する遊牧民は「間抜けないなか者」としての役割を与えられている場合が多い。

「イスラームは砂漠の宗教である」という言葉がある。中東世界の苛酷な自然環境を考えると、この言葉には説得力があるように思えるのだが、イスラームとは都市生活に立脚したシステムであると形容した方が真実に近い。そもそも、預言者ムハンマド本人も商人の出身だった。

イスラーム出現以前のアラビア半島の状況に関しては、不明な点も多い。だが、旧約聖書に出てくる「シバ（サバ）の女王」の話は聞いたことのある人が多いだろう。シバの女王の国は、現在のイエメンであったとされる。イエメンは古代世界で珍重された乳香の産地として有名だが、このあたりは古来よりインドと東アフリカを結ぶ海路の中継地として栄えた。

ムハンマドが誕生したころのメッカの状況については、よくわかっていない部分が多い。具体的に言うと、地域内での小規模な交易にとどまっていたのか、遠隔地との取引を活発におこなっていたのかという点に関しては、学者の間でも必ずしも意見が一致しているわけではない。

だが、ここで大切なのは、アラビアの砂漠に興ったイスラームが、古代以来の大文明が栄えた土地をまたたく間に掌握し、隣接する大文明圏との接触を通じてさらに大きく成長していったという点だろう。

英語では小切手のことを「チェック」と呼ぶ。日本語でもそのまま「チェックを切る」と表現する場合が多い。この言葉は、もとをたどればイスラームの商業用語に行きつくのである（アラビア語のサック）。イスラームは七世紀から八世紀にかけてのウマイヤ朝時代にはすでにイベリア半島、中央アジア、イランを含む広大な地域に広がっており、これに続くアッバース朝になると、さまざまな為替が発行されるようになった。イスラーム世界ではイブン・バットゥータやイブン・ジュバイルなどの大旅行家が出たが、彼らが活躍できたのは為替制度の恩恵によるところも大きい。西洋世界の為替制度は、商業先進国であったイスラーム世界から影響を受けているのではないかという指摘もある。

商人の活躍

アラビアンナイトでは商人が大活躍する。シンドバードのようにインド洋をまたにかける大商人も登場するが、バザールの一画に小

「理髪師の五番目の兄の話」より(スタンリー・ウッド画)

レイン『エジプト風俗誌』に描かれたカイロの街角

さな店を開いて小商いをしているという場合も多い。なかには、小商いを想像するだけで終わってしまうケースもある。有名なのは「理髪師の五番目の兄の話」(第三巻)だろう。

この兄は父親から五百ディルハムの遺産を受け取り、百ディルハムでガラス器を買い込んだ。街角に商品を並べて客を待つうちに、他愛のない空想にふけるようになる。「百ディルハムで仕入れたガラス器を二百ディルハムで売り払い、そのもうけでまたガラス器を仕入れよう。これを繰り返すうちにおれは大金持ちになって、宝石、香料、邸宅に白人奴隷も手に入れよう。十万ディルハムの資産を築いたらお姫様と結婚し、花嫁がすりよってくるのをこういう具合に振り払う……」と、そこまで空想が進んだところで、目の前に並べたガラス器を蹴っ飛ばしてことごとく壊してしまったというオチになっている。

まだ見ぬ恋人に会うために異郷へと旅立つ場合(「商人アブド・アッラフマーンとその息子カマル・アッザマーンの物語」など)も、商人としての支度をととのえていることが多い。これらの話では、親が商売の元手を与えてわが子を旅に送り出している。カマル・アッザマーンの父親は商人だが、「異国への旅は危険が多い」と心配する。だが母親は、「商人の子が旅に出るのは昔からの慣わしです。商人仲間はみな、旅に出て稼いできたと自慢しているではないですか」と言って旅支度をととのえてやる。

「染め物屋アブー・キールと床屋アブー・シールの物語」(第十八巻)では、アレキサンドリアに住む二人の商人をめぐって話が展開する。ここでは染め物屋のアブー・キールが悪玉の役どころになっている。二人は隣り合って店を出していたのだが、商売の方が思わしくない。そこでアブー・キールは、「自分たちには確かな技術があるのだから、諸国を渡り歩いてみてはどうだろう」とアブー・シールに持ちかける。二人は互いの腕をいかして

円形都市バグダードを中心に描かれた中世アラブの地図

中世の写本に描かれた都市の職人たち

旅を続け、アブー・シールは異国の地に「ハンマーム（公衆浴場）」を建てて大もうけをする。陰謀家のアブー・キールの方は天罰がくだって海の藻屑と消えるのだが、アブー・シールは故郷のアレキサンドリアに錦を飾ることができたのだった。

都市と市場

都会は憧れの対象でもあった。「ユダヤ人の医者の話」では、カイロがほめ称えられている。「この大地の上に、カイロとそこを流れるナイル川ほど美しいものはない。カイロを見ずば、世界を見ず……、カイロの土は黄金、女性は天女、建物は宮殿、空気は乳香の芳香に満ちている」と手放しのほめようだ。カイロをほめ称えているのは、モスル（現在のイラク北部）に住む若者の叔父である。この若者は叔父の話を聞いてカイロに憧れ、父親に頼みこんで商品を調達してもらい、カイロをめざす叔父たちに同行する。結局、若者はダマスカスにとどまって数奇な恋物語の主人公となるのだが、そのあたりは原作を読んでいただいた方がいいだろう。

バザールで活躍する商人や職人の店は、同職種ごとにまとまっていた。医者にはキリスト教徒やユダヤ教徒が多く、また両替、仲買、装身具、薬種商などの特定職種につき、専門的な知識や技能をいかしてネットワークを作りあげていた。アラビアンナイトには、「クリスチャンの仲買人の話」が入っている。この仲買人はエジプト生まれのコプト教徒だった。物語を読むと、父親の跡を継いで仲買人になったとある。

イスラーム勢力は広大な地域を制圧したが、ほぼ全域が古代からの先進文明地域だった。イスラームは神学レベルにおいては決して妥協しなかったが、文化や経済といった現実面では古くからの勢力をうまく取り込んで新たな発展へとつなげることに成功したと言えるだろう。

たとえばユダヤ人は規定の税金を払えば、自分たちの宗教を信仰することが許された。

オスマン朝期のユダヤ人

ムスリム社会はユダヤ人社会を完全に対等なものとしてあつかったわけではなく、アッバース朝のユダヤ人にしても、それなりの不自由を味わっていたようである。ただし、アラビアンナイトの物語中、比較的初期に書かれたとされる「せむしの物語」などに登場するユダヤ人像は、中世以後のヨーロッパで定着した「悪徳金貸し」というユダヤ人のステレオタイプからはかけ離れていることを述べておこう。

　イスラーム世界の市場には「ムフタシブ」と呼ばれる監督官がいた。アッバース朝のころには、イスラームに関する諸規定が正しく守られているかどうかを監督するのが主な仕事（金曜日に礼拝しているか、ラマダーンに断食しているかなど）だったが、やがて商取引が厳正におこなわれているかどうかに限って目を光らせるようになった。

　アッバース朝のムフタシブは、医者の取り締まりもやっていた。いかがわしい施療の害が目にあまったので、時のカリフ、アル・ムクタディルが、名医の誉れ高いクッラ家のシナーンが認可した者以外の治療を禁止したのである。もぐり医者の摘発は、ムフタシブにまかされた。名医を輩出したクッラ家はハッラーンの出身である。ハッラーンはネストリウス派の大学があったエデッサの近くにあり、医薬の神でもある月神信仰がさかんな異教徒（サービア教徒）の町だったことを付け加えておこう。

闇の世界

　ムフタシブは公共の安全にも目を光らせ、犯罪がおこりそうな場所を巡回したりもしたのだが、人口数十万の大都会ともなれば、当然ながらそこには「アンダーワールド」が存在する。

　アラブの文学には、犯罪者の巧妙な手口を描いた「奸智もの」とでも形容できるジャンルがある。残酷な犯罪の手口を描き出すのではなく、詐欺や悪知恵の手並みを称揚するのである。とはいっても、これらの悪党は庶民の味方となって「義賊」的活躍をするわけではない。善良な人々から口八丁手八丁で物をまきあげてしまうのだが、勧善懲悪的に最後にはお縄になるとは限らない。むしろ、悪知

首かせをして市中を引き回される盗人。中世の写本より

恵を働かせて、まんまと目的を果たしている話が多い。

十一世紀の文人ハリーリーが残した『マカーマート』と呼ばれる物語集には、寸借詐欺で悠々と暮らしている老人が登場する。この老人は千変万化の変装術を駆使し、人々の善意につけこんで小金をだまし取っている。この不良老年を主人公にした物語集は、「アラブ散文物語随一の傑作」とされ、教養あるアラブ人なら誰もが知る古典となった。

悪のヒーローたち

アラビアンナイトには、「アリー・ザイバク（水銀アリー）」「アフマド・アッダナフ（病人アフマド）」「ハサン・シューマーン（疫病神ハサン）」「女ペテン師ダリーラ」などをめぐる悪知恵話が収録されている。水銀アリーとは妙な名前だが、どうして「水銀」などという名前がついたのかはよくわからない。ここにあげた四人は、ある程度までは実在のモデルがいたらしく、十世紀の著作『黄金の牧場』にもダリーラの名前が記されている。「アフマド・アッダナフとハサン・シャウマーンと女ペテン師ザイナブおよびその母の物語」（第十四巻）では、詐欺師仲間が丁々発止のだましあいを演じている。

水銀アリー、アフマド・アッダナフ、ハサン・シューマーンは「アラーッ・ディーン・アブーッ・シャーマートの物語」（第七巻）にもそろって登場する。ただし、この物語は悪知恵をあつかったものではない。大盗賊として名を馳せたはずのアフマドとハサンが、どういうわけかカリフの護衛隊長におさまっており、冤罪《えんざい》で投獄された主人公を義侠心から逃がしてやっている。取り締まる側と取り締まりを受ける側が、実は深い関係で結びついているというのは、今も昔も変わらないのだろう。

泥棒稼業から足を洗い、まともな市民生活を送るという話はほかにもある。「大臣ヌールッ・ディーンとシャムスッ・ディーンの物語」（第二巻）には「アッラーに赦《ゆる》されて（ダマスカスで）料理屋を開いた男」が登場する。この男は足を洗ってからも人々に恐れられていたが、義侠心に富むたちだったから、行き暮れたバドルッ・ディーンを引き取って面倒を見てやるのである。

同業者組合を作って助け合っていたのは、先に述べた商人や手工業者だけではなかった。泥棒や詐欺師仲間にも「組合」があった。「盲

ハンマーム（公衆浴場）。中世の写本より

目の老人と三歳と五歳の少年の話」（第十三巻）には、ペテン師の元締めのような老人が登場し、配下の詐欺師やちんぴら連中の手並みを聞いては裁定をくだしている。

公衆浴場（ハンマーム）

「染め物屋アブー・キールと床屋アブー・シールの物語」では、異教の地にハンマームを紹介した主人公が一攫千金に成功している。ハンマームというのはイスラーム世界には必ずある公衆浴場のことだ。浴場といっても、湯船につかるわけではなく、いわゆるスチームバスである。オスマン朝ハーレムの風呂場シーンを描いた官能的な西洋絵画は、誰もが一度は見たことがあるのではないだろうか。ただし、西洋中世の公衆浴場では売春もおこなわれたが、イスラーム世界のハンマームは色事の舞台とはならなかった。

　イスラームでは体を清潔にする教えがあり、礼拝の前にはもちろん、食事や排泄をはじめとするさまざまなシーンで清拭《せいしき》が必要とされる。ハンマームが広まっていったのは、このような宗教上の規定とも関係が深い。

　ハンマームの衛生状態には厳しい規定があった。閉店前には清掃が不可欠だったし、ハンマーム内にある水盤で器具や衣服を洗うことは禁止されていた。排水が河川や運河に流れ込まないようにするための取り決めもあった。また、腰布をつけずにハンマームに入るのもご法度だった。

　ただし、当時の記録によると、この決まりは必ずしも実行されなかったようである。十世紀末期のある記録には「シーラーズ、フーゼスターン、ファールス、マグリブの人々は腰布をつけずにハンマームに入る」という一節があるし、十九世紀カイロの庶民生活を活写したレインの『エジプト風俗誌』にも、「庶民階級の女性は腰布をまとわない」という記述が見える。腰布は毎日洗濯することになっており、水を入れたタンクは一カ月に一度は水抜きをする必要があった。

現代のハンマームの入り口。カイロにて

ハンマームにはいくつかの部屋があり、部屋の名称は時代や地域によって異なっていたが、全体のつくりはほぼ同じだった。これは今でも基本的には変わらない。入り口を抜けると最初の部屋がある。ここで衣服を脱ぎ、腰にまとう布地を渡される。最初の部屋はそれほど暑くないが、二番目の部屋は本格的なサウナになっている。現代の中東世界でもハンマームは庶民の社交場だが、アッバース朝の時代にも事情は現代とほとんど変わらなかったようだ。彼らはアラビアンナイトでもおなじみのバラ水などで香りづけしたシャーベットなどを楽しみながら、世間話に花を咲かせたのだろう。

ハンマームと女性

アッバース朝時代、富貴な人々は自宅の中に浴場をしつらえており、ハンマームは商業的に経営されていたようだ。男女とも同じハンマームに行くのだが、イスラームでは公共の場では男女を隔てる規定があり、男女混浴は論外だった。女性専用のハンマームも珍しくはなかったようである。普通は、日によって男性用、女性用を定めていたらしく、女湯になる日には、入り口に目印の布を垂らしていたという記録が残っている。ハンマームには、垢すりやマッサージをしてくれる係がいるのだが、女湯の日には係の人間も全員が女性に入れ替わった。

「アラジンと魔法のランプ」では、ハンマームに出かける姫を見てアラジンが恋に落ちる。中流や上流の婦人はハンマームを借り切ることもあった。上流女性の場合は、侍女一同を引き連れ、飲食物や化粧品などの荷物も運び込んでゆったりと過ごしたらしい。

ハンマームで体を洗うさいには、植物の繊維で織った目の粗い布などを用いたようである。また、当時は男も女も体毛を剃る（抜く）習慣があり、シロップやハチミツを利用した脱毛剤なども使われていた。アッバース朝の記録には、シロップとレモン汁を煮詰めて作った脱毛剤のことが述べられている。

人々がハンマームを訪れるのには、健康上の理由もあった。ハンマームの熱気と湿気が、呼吸器の病気やリウマチに効いたからである。また、俗信によると夜のハンマームにはジン（魔人）が出没するとされ、ハンマームが開いているのは朝から日没までの間だった。夜は不思議の時間だったのである。ジンの存在はコーランも認めているが、イスラームではキリスト教に見られるような悪魔学は発展しなかった。どれほど強大であろうとも、ジンにはアッラーに対抗できるような力はなく、イスラームにあっては世のことはすべてアッラーの御心次第なのである。

アラビアンナイトとユダヤ人

アラビアンナイトにはユダヤ系の伝承にもとづいた話も多い。旧約聖書に登場するソロモンやモーセは、コーランでも言及されている。イスラーム勢力が中東全域を手中におさめてからも、イスラーム圏内には多数のユダヤ人が暮らしていた。ユダヤ人は「庇護民」としてあつかわれ、ムスリムと対等の市民として遇されたわけではなかった。ハールーン・アッラシードの時代には、ユダヤ人の服装についての規定が発布され、外見上からも異教徒とムスリムは区別されていた。ただし、中世以後のヨーロッパで見られたような組織的な虐殺や迫害は（一部の例外を除くと）おこらなかったことを特筆しておこう。

ユダヤやアラブの民間伝承では、ソロモン王には魔力があることになっている。ソロモン王はジン（魔人）を自由にあやつり、言うことを聞かぬジンを壺に封じ込めたとされており、アラビアンナイトの「漁夫と魔王との物語」「黄銅城の物語」では、ジンの入った壺をめぐって不思議なストーリーが展開していく。

ソロモン王が魔力を持っていたという伝承は、イスラーム以前からアラブ人に知られており、六世紀のアラブ詩には「スレイマーン・イブン・ダウード（アラビア語で「ダビデの息子ソロモン」）はまつろわぬ魔人どもを罰した」という一節がある。

宇宙神話とも解釈できる「ブルーキーヤーの話」には、古代オリエントやユダヤからの影響があるのではないかと言われてきた。不死の霊草を求めるブルーキーヤーの旅には、ギルガメシュ叙事詩やアレキサンダー・ロマンからの投影があるとされている。ブルーキーヤーの作者は、九世紀末にムスリムとなったユダヤ人ではないかとする説もあり、宝庫の中に隠されていた箱をあけると秘密が記された書があったという話の発端は、旧約聖書の列王記下第二十二章の記載に影響されているのではないかとも言われている。

ユダヤ教徒の医者
（スタンリー・ウッドによるアラビアンナイトの挿絵より）

アラビアンナイト・ディナー

中東地域の食事と聞くと、ヒツジの焼肉を思い浮かべる人も多いだろう。ベドウィンのテントを訪問した人の旅行記などから、豪快なヒツジ料理を手で食べるという野趣に富んだ食事風景を思い描く人もいるかもしれない。アラビアンナイトの時代から、ヒツジは重要な食材だった。なかでもシリアはヒツジの産地として名高く、十一世紀ごろにはさかんに輸出されていたようである。名医として名高いラージーは、ヒツジの肉を食べるようにすすめていた。彼によると、ヒツジ以外の肉は健康を損なうのだという。

紀元前三〇〇〇年ころのイラクには野牛がいたが、これはインド方面から連れてこられたものらしい。ウマイヤ朝のイラク南部（マーシュ・アラブとして知られる大湿原地帯。フセイン政権下でチグリス川の水門が閉じられて湿原面積が大幅に減少した）には野牛が生息していたようである。だが、牛肉はあまり食卓にはのぼらなかったようだ。当時の医者の中には、健康上の理由から牛肉を食べてはいけないと主張する人もいた。

だが、ヒツジばかりを食べていたわけではない。バグダードやカイロには大河が流れており、水産資源も豊かだった。アラビアンナイトにも大勢の漁師が登場する。ヒツジはイスラームの犠牲獣としてなくてはならない存在だが、アッバース朝期に書かれた記録などを見ると、鶏の料理もさかんに食べられていたようである。

トマトとオリーブ油

中東料理を出すレストランに足を運んだことのある人は、トマトとオリーブ油をたっぷり使った地中海式のレシピを堪能したに違いない。オリーブ栽培の歴史は古く、食用となるだけでなく、ランプの燃料としても広く使われていた。アラジンのランプに入っていたのもオリーブ油だったと思われる。

さて、中東料理には欠かせないトマトだが、この植物がアメリカ大陸からもたらされたのは十六世紀であり、食用として広まったのはようやく十八世紀のことだった。中東料理にトマトが使われるようになったのは、ごく最近なのである。それまでは、タマネギ、ニンニク、ネギ（リーク）、ナス、マメ、ニンジンなどが主な野菜だった。野菜は安価で手に入り、貧しい人々の食生活を支えたようである。「商人ウマルと三人の息子、サーリムとサリームとジャウダルの物語」（第十三巻）では、魔法の鞍袋を手にしたジャウダルが母親に何でも好きな食べ物を出そうと言うと、母親は「パンと一切れのチーズが欲しい」と答えている。宮廷での豪勢な料理の数々とは裏腹に、庶民の暮らしはつつましいものだったことがうかがえる。

中世アラブの写本に描かれた食事風景

中世の写本に描かれた食事風景

アラビアンナイト最初期の物語がまとめられたアッバース朝の食事は、現代の中東料理とはかなり異なっていた部分もあるらしい。属していた階級にもよるのだが、アッバース朝の人々は、毎日のように手づかみでヒツジの肉を賞味し、トマトを使った煮込み料理を食べていたのではなさそうである。以下では、当時の食事事情を簡単に見てみよう。

大切な食事マナー

アッバース朝の上（中）流階級では、かなり細かな食事マナーが守られていたようだ。九世紀に書かれたジャーヒズの『けちんぼ物語』には、食卓の無作法について長々と記載された箇所がある。魚のはらみを独り占めする、鶏のレバーをさらっていく、ヒツジの頭の目玉に執着する、隣の人を押しのけて若鶏の手羽先に手をのばす、人の前にある皿をちらちら見る、骨の髄をしゃぶりつくす、ナツメヤシの種が入った皿を人の皿とすりかえる、こういったことはすべてやってはならないと書いてある。

各人が何皿ものコース料理を食べるのではなく、大皿に盛った料理が幾皿も食卓に並べられた。皿が少なくて食卓が見えるのは「けち」の証拠であるとされ、隙間にはパンを置いたらしい。大皿を囲んでの食事だったため、気持ちよく食事するためのマナーが大切にされた。この時代の上流人士は、肉を切り分けたり、骨と肉を切り離したりするのにはナイフを用いていた。

また、脂で手が汚れることをきらい、食前や食後にはボウルに入れた水で念入りに手を洗った。食後に手を洗うさいには塩水が使われた。金回りのいい人々は、ここに米の粉、ホラーサーンの粘土、乳香、カヤツリグサ、白檀、麝香《じゃこう》、竜脳、バラ水などを足していたようである。「せむしの物語」には、鶏の煮込み料理を食べた後で手を洗わなかったため、親指を切り取られた男が登場する。

アラビアンナイトには酒宴のシーンが多いのだが、歴代のアッバース朝カリフは、食事中にはワインを飲まなかったようだ。キリスト教徒の侍医ブフト・イシューが、食事中にワインを飲む許しをカリフのマンスールに求めたことがあるが、カリフはこれを一蹴したという記録がある。酒宴が開かれるのは食後だったらしい。ただし、アラビアンナイトに何度も登場するハールーン・アッラシードはイスラームの教えに忠実な生活を送ったとされており、酒を飲んだという記録は残っていない。

チグリス川は魚の宝庫

アラビアンナイトには「バグダードの漁師ハリーファの物語」（第十六巻）が入っている。

パンを焼くベドウィンの家族。エジプト、南シナイ

この物語では、漁師のハリーファに弟子入りしたカリフのハールーン・アッラシードがチグリス川に網を投げている。「ハリーファとカリフの二人が力をあわせて網をひきあげると、そこには色とりどりのさまざまな魚がかかっていました」。

　現代のイラクでも魚の料理はよく食べられている。とくに養殖されたコイが食材の大部分をしめるそうだ。聖書外典のトビト書には、チグリス川にすむ大魚の記載がある。チグリス川にはコイやナマズの仲間が多いから、成長すればかなりの大きさになるだろう。インド洋に生息するガンジスメジロザメが、バグダード近辺まで川を遡上することもあるらしい。ただし、イラク戦争の影響で深刻な水質汚染が進んだようである。現代のイエメンではサメの漁がおこなわれている。サメを買っていくのは内陸部の遊牧民だ。サメの肉にはアンモニアが含まれているため、日持ちするからである。

　ここで「せむしの物語」を見てみよう。この物語は中国が舞台ということになっているが、アッバース朝末期のバグダードでまとめられた物語らしい。話の中では、最初に登場した仕立屋がせむしと一夜の食事を共にするため、市場に出かけて「魚のフライ、パン、レモン、菓子など」を買いこむ。仕立屋の女房がごちそうするつもりで魚をつかみあげ、口に押しこんだところ、切り身に入っていた骨がつかえて、息をひきとってしまう。この物語はこの後も延々と続いて奇想天外のストーリーが展開するのだが、ここでは「魚のフライ」に注目しておこう。

　アッバース朝初期に書かれた文献によると、クリスチャンは魚を主菜にすることが多かったようだ。バグダードのクリスチャンが魚を大量に消費するため、特定の曜日には魚の価格がはね上がったという記録が残っている。

　魚にはさまざまな料理法があった。当時の記録には次のようなものがある。一例をあげると、まず、皮をはいでから腹を裂き、きれいに水洗いして乾かす。その後、ゴマ油、サフラン、バラ水を混ぜたものを塗りつけて下ごしらえをする。スマック（ウルシの仲間の実）、タイム、ガーリック、クルミ、コリアンダー、クミン、マスティック（ギリシア原産の木からとれる樹脂。近年ではピロリ菌に対する薬効が注目されている）、シナモン、ゴマ油、塩などを混ぜてペーストを作り、これを魚の腹に詰める。丈夫な綿糸で魚をしばり、焼き串を刺す。これを天火に入れて弱火で焼くのである。

　何とも手のこんだ料理だが、庶民は小魚を買い求めて簡単な料理法で満足していたようだ。フライやスープにして食べていたらしいが、高価な香辛料を使う余裕はなかったので、酢や塩といった素朴な味つけの料理だったよ

アラビアンナイトに登場する鶏料理の再現

うである。

バラエティーに富む鶏料理

アッバース朝時代には鶏もよく食べられていた。田舎はもちろん、都市の住民も肉や卵をとるために鶏を飼うことがあったらしい。バグダードには鶏を専門にあつかうバザールもあった。

　鶏にはいろいろな産地があり、脂がのっていたり淡白だったりと、風味が異なっていたようだ。

　鶏を料理するさいには、独特の臭いを消すためにクミン、コリアンダー、スマック、マスティック、シナモンなどの香辛料をたっぷりと使い、レモン、ザクロ、スマック、ブドウなどのジュースを用いることが多かったようである。基本的な調味料は塩、酢、砂糖だった。当時の文献などによると、塩とぬるま湯できれいに洗った後、軽く油を通していたようである。食用油としてはゴマ油を使うことが多く、食材に塗りこんだり、フライ料理を作ったりするさいにこれを用いていたらしい。アラビアンナイトには、鶏にピスタチオを詰めた料理が何度も登場する。

　果物から作った酢を使うこともあった。『けちんぼ物語』には、ナツメヤシのシロップをもらって使い道に頭を悩ませる男の話が出てくる。ナツメヤシはそのままで料理に使うほか、酒（ナビーズ）や酢を作ることもあった。よい酢ができた場合には飲料とした。このけち男は、酢を飲むなら飲むで、ハチミツ入りのブドウジュース、カスカル地方特産の脂がのった鶏料理、果物、香味料たっぷりの菓子が必要になるといって悩み続けている。現在の日本でもナツメヤシの酢が健康食品として販売されている。

「お台所監督の話」は、前にも記したジールバージャを食べた後で手を洗わなかったばかりに親指を切られた男の話だ。このジールバージャは鶏を使った料理だった（ジーレというのがペルシア語でクミンをさすことから、ジールバージャとはクミンを入れた鶏のシチューであるとされてきたのだが、ジーレを「～の下」という意味と解し、煮込み料理の上に米を載せて調理したものとする見方もある）。

色とりどりの果物

「荷担ぎ屋と三人の娘の物語」の冒頭には、有名な買い物シーンがある。「娘は果物類を売っている店の前に立ちどまり、シリア産の林檎、オスマーンのまるめろの実、オマーン産の桃、アレッポのジャスミン、ダマスクスの睡蓮、やわらかな胡瓜、エジプト産のレモン、スルターン種のオレンジ、香りのよいミルタ（てんにん花）、タマリンド、ひな菊、アネモネ、すみれ、ざくろの花、野ばらの花な

ナツメヤシを収穫するベドウィン。エジプト、南シナイ

どを買いこみました……つぎにその娘は乾物屋の前で足をとめ、食後のつまみものにするフスタシュウ（ピスタチオ）のタネだとか、ティハーマ（アラビアの西海岸）の乾葡萄、アーモンドなどを買い求めました」（東洋文庫より引用）

当時（現代も）人々が日常的に食べていた食材で、この買い物リストに入っていないものがある。ナツメヤシ（デーツ）である。ナツメヤシは中東を代表する食材の一つであり、今でも広く食べられている。最近では日本の市場にも出回っているから、あの濃厚な味を楽しんだ読者もいるだろう。

ナツメヤシは産地によってさまざまな種類がある。お国自慢をするさいには格好の話題ともなり、自分の村のナツメヤシが世界一だという話が延々と続いたりもする。あまり知られていないのだが、関西庶民の味ともいえるお好み焼きのソースにはナツメヤシが欠かせない。イラク産のナツメヤシがいいらしいのだが、イラク戦争で輸出ができなくなり、メーカーは困ったそうだ。

ナツメヤシはアラビアンナイトの第一夜に早々と登場する。木陰に座ってパンとナツメヤシを食べた商人が、ナツメヤシの種を放り投げたところ、イフリート（ジン＝魔人の一種）の息子の胸にあたって、これを死なせてしまったという話である。

ナツメヤシは非常に栄養価が高く、農村部では主食として利用されることもあった。砂漠に暮らすベドウィンにとっては、なくてはならぬ携行食でもあった。アラブ世界の農村部では、ナツメヤシの生育を中心にして一年の生活サイクルがめぐっていると言っても過言ではない。

この植物は乾燥と塩害に強く、強靭な生命力を持っていることでも知られている。ナポレオンのエジプト遠征のさいに、カイロからシリアをめざしたフランス軍の兵士もナツメヤシを携行した。行軍中に食べたナツメヤシの種が道端に放り投げられ、今では立派な並木になっている。ナツメヤシの寿命はほぼ百年ないし二百年らしいから、代替わりしたものもあるのだろう。

ナツメヤシは聖書でも重要な役割を果たしている。聖書やキリスト教関係の伝説では「棕櫚（シュロ）」と表記されることが多いが、これはナツメヤシをさしている。有名なところでは、復活祭の前の週にあたる聖週間の初日は「パーム・サンデー」、つまり「シュロの日曜日」と呼ばれ、キリストのエルサレム入城を記念する日とされている。このシュロというのがナツメヤシのことだ。シュロ（＝ナツメヤシ）はユダヤ教でも象徴的な意味を持っており、「スコット（仮庵）の祭り」では、ナツメヤシの葉を用いて屋外に作った小屋の

中世の写本に描かれた飲酒風景

屋根をふくことになっている。

「大臣ヌールッ・ディーンとシャムスッ・ディーンの物語」には、ザクロを使った料理が出てくる。ザクロの実にアーモンドと砂糖をかけ、バラ水と麝香で香りをつけたものだ。インドからもたらされた砂糖はまたたく間に広まったが、アッバース朝のころには庶民が日常的に使うほどではなかったようだ。庶民は砂糖の代わりにハチミツを使うことが多かったらしい。もっと貧しい人々は、ブドウやイナゴマメから作ったシロップを使っていたようである。なお、英語のシュガー（砂糖）の語源はアラビア語のスッカルである。

サトウキビと奴隷反乱

アラビアンナイトは都市生活の描写がメインとなっているため、農民の暮らしぶりはあまり描かれてはいないのだが、アッバース朝には大規模な農業改革があった。農具、肥料、灌漑法などの多くの分野で研究が進んだのである。

現在のイラクでは、チグリス川とユーフラテス川にはさまれた広大な平野がサトウキビの一大産地となっている。この一帯はアラビア語で「サワード（黒い土地）」と呼ばれ、アッバース朝のころから大規模な開拓が進められた。

現在のイランにあるアフワーズはサトウキビの集積地となり、いくつもの砂糖工場が作られた。この地域で生産された砂糖はバグダードのアッバース朝宮廷に送られ、上流階級の食卓を華やかに演出したのである。

サワード地方では奴隷を使った強制労働がおこなわれた。ここで使われた奴隷は、アフリカから連れてこられた黒人奴隷（ザンジュ）が多かった。イスラーム世界の奴隷制度は、近代欧米社会に見られるような苛酷なものではなかったが、アッバース朝のサワード地方では例外的な奴隷使用があったようである。この地方の土地は河川が運ぶ養分に富んでいるものの、高度が低いうえにナイル川のような定期的な洪水がなかったため、塩害に悩まされた。大規模な土地改良を進めるため奴隷労働をおこなったのである。

この地方では奴隷労働によるサトウキビ栽培も進められた。大規模農業、サトウキビ、黒人奴隷とくると、近代の西インド諸島やアメリカ南部を連想する人も多いかもしれない。経済効率という面から考えれば、時代は違っても同じようなシステムが誕生するのだろう。

サワード地方では九世紀に「ザンジュの乱」と呼ばれる奴隷の大反乱がおこった。ただしこれは、アッバース朝支配に対するアラブ貴族に先導されたものであり、今で言う人権思想による蜂起と見ることはできない。アッバース朝は討伐軍をさしむけ、反乱軍に対しては苛酷な制裁がおこなわれた。

中東の米

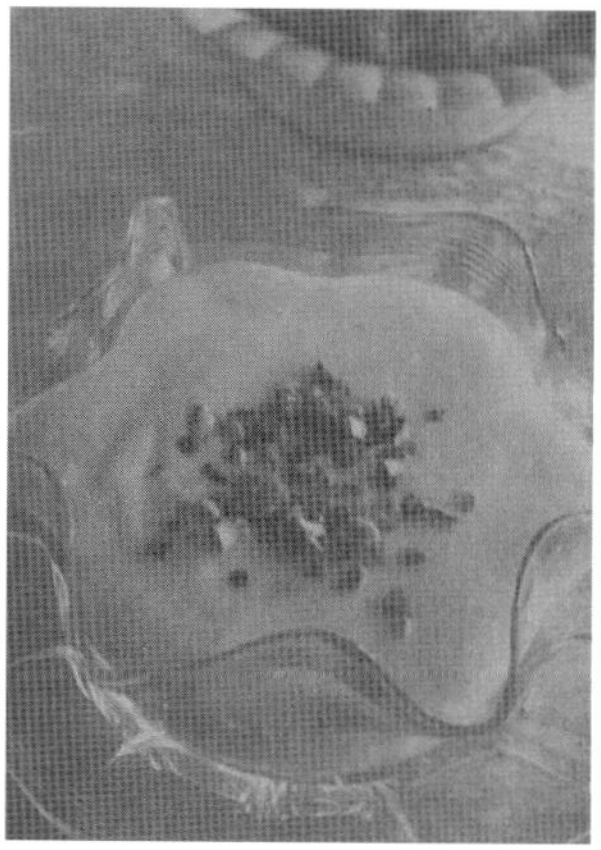

アラビアンナイトに
登場するコメ料理

　中東料理のレストランを訪れた人は、米を使った料理を味わったことがあるかもしれない。ピラフの語源はペルシア語のポロウ（米の意味）である。イランやトルコには米を使った料理が多い。イランのポロウ料理では「おこげ」が喜ばれ、客人には「おこげ」をふるまうことになっている。日本のメーカーがイランに炊飯器を輸出するさいには、どうやって「おこげ」を作るかを研究したそうだ。
「クリスチャンの仲買人の話」や、カイロを舞台に展開する「商人ウマルと三人の息子、サーリムとサリームとジャウダルの物語」には「胡椒入りご飯（ルッズ・ムファルファル）」が出てくる。バートン訳も東洋文庫版でも同じ訳語になっているのだが、これは「（ピラフのような）パラパラのご飯」だとする説もある。ルッズは「米」、ムファルファルは「胡椒の、胡椒を使った」などといった意味であるが、このムファルファルが「粒胡椒のような」（＝穀粒が互いにくっつかない、パラパラした）状態をさしているという解釈である。

　米はアッバース朝の食卓にも登場した。ただし主食としてではなく、砂糖やミルクを使った甘い料理の材料として使われることが多かった。

「エジプト人アリー・アッザイバクの物語」（第十四巻）には「レンズマメと米と肉汁とシチューとバラ水（の料理）、六皿めは米とハチミツで作った甘い料理」が登場する。この「米とハチミツで作った甘い料理」を、バートンは「黄色い米の料理」と訳しており、「サフランやハチミツを使った米の料理」と注釈をつけている。

　米を使った甘い料理はたいそう好まれたようである。ジャーヒズの同時代人アスマイーによれば、ホラーサーンの知事であったイブン・クタイバは「白い米にバターと砂糖をかけた料理は究極の美味」と言ったらしい。米を使った甘い料理はスーフィー（神秘主義者）にも喜ばれ、ミルクと米のとりあわせに勝る料理はないと断言した者もいた。

　日本人のイメージの中では、アラブ世界と米というのはなかなかつながりにくいのだが、イネの学名はオリザ（ラテン語）、アラビア語ではアルッズ（もしくはルッズ）であり、語源は同じであるとされている。チグリス・ユーフラテス下流の大湿地帯では古くから栽培されていたことがわかっており、アッバース朝の初期には栽培地域がかなり拡大したらしい。アラビアンナイトの豊かな世界を演出したものの一つには、農業革命があったといえるだろう。

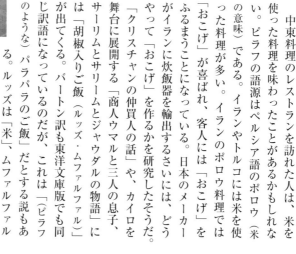

column

アラビアンナイトとコーヒー

アラブ世界でコーヒーが愛飲されるようになったのは、それほど古い時代のことではない。アラビアンナイトには、コーヒーやコーヒーハウスが出てくる話がいくつか入っている。これは、その話が比較的新しいか、もしくは後代に書き直されたものであることを意味している。おそらくは近世以後に成立したと思われる「アラジン」の物語にもコーヒーが登場し、アラジンが竜涎香《りゅうぜんこう》の入ったコーヒーを飲んでいる。バラ水やカルダモンなどでコーヒーに香りづけすることもあった。

コーヒーの「発見」者としては、イスラームのスーフィー（修行僧、托鉢《たくはつ》僧）とキリスト教の修道僧の二説がある。ヒツジ飼いが赤い実を食べて元気になるヒツジを見てコーヒーを発見したというエチオピア起源伝説は、十七世紀以降のヨーロッパ人の記事には頻出するが、アラブ側の記録には見あたらない。アラブ側の史料によると、コーヒーの起源はイエメンであり、スーフィー教団の活動と関係していたらしい。

ソロモン王が旅行中に原因不明の疫病がはやっている町を通った時、天使ガブリエルの命令でイエメン渡来のコーヒー豆を煎った飲み物を住民に与えたという伝説や、疥癬《かいせん》の治療用としてコーヒーが広まったという記録がある。これらから考えると、コーヒー飲用のきっかけはその薬効にあったようだ。

コーヒー飲用は教団活動などを通じて広がっていった。一五一〇年代には最初のコーヒーハウスが誕生した。コーヒーハウスは、巡礼キャラバンなどを通じてシリアへと広がり、十六世紀半ばごろにはイスタンブールでも流行した。一五一一年にはコーヒーがシャリーア（宗教法）違反とされ、これ以後、何度もコーヒー禁止令が発令されたが、コーヒー党のスルタンが多かったこともあって、禁止令が厳格に守られたことはなかったようである。

十六世紀以降になると、出前のコーヒー店、コーヒーハウス、街頭でのコーヒー売り（十七世紀のパリにはレバント出身のコーヒー売りがいた）のように、さまざまな形態のコーヒー商売が現れた。コーヒーハウスは、文学活動、音楽（芸人と楽師）、会話と社交（情報交換）などの場となったが、一方では、アヘンや売春（女性と男性）の巣窟でもあった。

カイロのコーヒー豆売り

目が覚めてみるとカリフ様の寝台にいた（1870年代イギリスの挿絵）

目覚めて起きる者

バートン版より

バグダードにアブー・ハサンという男が住んでいた。亡父が残した莫大な遺産で友人をもてなしていたが、金を使い果たすころには友人は一人残らず彼のもとを去っていき、挨拶さえしなくなった。幸い、遺産の半額は手付かずの状態だったが、人の情けのはかなさに愛想がつきたアブー・ハサンは、今後は客人をもてなすのは一人につき一度だけと固く心に決めたのだった。

ある日、カリフのハールーン・アッラシードは眠れぬままにジャアファルとマスルールを伴って町を散策するうちに、アブー・ハサンの客人となった。主人の身の上を聞いたカリフはアブー・ハサンの杯にこっそりと眠り薬（バンジュ）を盛って眠らせると、宮殿に運び込ませてカリフの衣装を着せ、カリフの寝台で眠らせた。

　アブー・ハサンが目を覚ますと、廷臣たちが平伏している。わけがわからないままにカリフになった気分となり、かねて遺恨のモスクのイマームらを懲らしめ、夜ともなれば女たちを相手にふざけあうのだった。やがて一夜かぎりのカリフは再びバンジュを盛られて自宅へ戻され、話を信じようとしない母親と言い争って病院送りになってしまう。

　しばらくして自宅に戻ったアブー・ハサンは、またしてもカリフ一行に出会い、三人をもてなすことになる。今回もバンジュを盛られて宮殿に運び込まれ、女たちと悪ふざけの限りをつくし、最後には素っ裸で踊りだしたので、物陰で様子を見ていたカリフはひっくりかえって笑いだした。最後にはカリフが正体をあかし、アブー・ハサンを宮廷つきの道化として召し抱えることになった。

　アブー・ハサンは正妃ズバイダの侍女と所帯をもったが、カリフからくだされた金を使い果たしてしまったので夫婦で策を練り、片方が死んだことにして、カリフとズバイダの双方に別々に泣きついた。カリフもズバイダもまんまと乗せられてしまい、夫婦共に悔やみの品を受け取ることができたのだが、今度はカリフ夫妻の間で本当に死んだのはどちらかをめぐって言い争いとなり、とうとう賭けをすることになってしまった。

　カリフ夫妻がアブー・ハサンの家を訪れてみると、夫婦がともに死人の格好をして横たわっている。困り果てたカリフが「どちらが死んだのか本当のことを知っているものに金千ディーナールを与えよう」と言うと、死んだはずのアブー・ハサンがむっくり起き上がり、実はかくかくしかじかと理由を説明したので、カリフ夫妻は大笑いして二人を許した。アブー・ハサン夫婦は悔やみの品のほかに賞金の金千ディーナールも懐にし、死が二人をわかつまで夫婦仲良く添い遂げたのだった。

偽カリフはおおいに浮かれて乱痴気騒ぎを楽しんだ
（1870年代イギリスの挿絵）

眠っている間に宮殿から連れ出されてしまった
（1870年代イギリスの挿絵）

アジーズとアジーザ

第113夜〜
第129夜

ある豪商がみまかり、一人息子で優男のアジーズが残された。アジーズは叔父の家で育てられ、叔父の娘で従妹にあたるアジーザとの婚約が整った。

アジーザはふがいない婚約者のアジーズに献身的な愛をささげる（ウィリアム・ハーヴェイ画）

婚儀の準備もでき、花婿となるはずのアジーズはハンマーム（公衆浴場）で身づくろいをすると、友人の家をめざした。その途中で腰を下ろして休んでいると、レイヨウの縫い取りをしたハンカチがふわりと落ちてきた。ハンカチが落ちてきた方を見上げると、見たこともないような美女が自分を見つめながら、手の指を使って不思議なサインを送ってくる。

　アジーズはすっかりのぼせあがってアジーザの元に戻ったが、婚儀の招待客はしびれを切らして帰った後だった。だが、アジーザは恨み言を言うでもなく、例の女が見せたという不思議なサインの意味をアジーズに教える。

　アジーズは従妹に教えられたとおりにして、再び美女を見ることができたが、今度も相手は鏡と赤い布を使いながら不思議なサインを送ってきた。待ちぼうけをくったアジーズは、アジーザに八つ当たりしてひどいしうちをしてしまう。しかし、けなげな愛をささげるアジーザのおかげで、最後には問題の美女との逢瀬にこぎつけ、夢のような一夜を過ごしたのだった。

　アジーザはアジーズの話を聞きながら泣き入っていたが、やがて悲しみのあまりに帰らぬ人となってしまう。アジーズからアジーザの不幸な運命を聞いた美女はアジーズのふがいなさにいたく立腹し、アジーザの死を深く悼むのだった。

　アジーズはやがてアジーザのことも

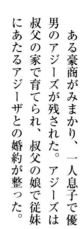

すっかり忘れ、美女との逢瀬を夢見て館のあるあたりをうろうろするうちに、一人の老女に出会った。手紙を読んでほしいという老女について家に入っていくと、そこには若い娘がおり、アジーズは無理やり関係を迫られて夫にされてしまう。一年がすぎて男児も生まれ、久しぶりに外に出してもらった。いつぞやの館を訪ねていくと、例の美女が面やつれした様子でアジーズを出迎えた。だが、別の女との一件を聞いた美女はすさまじい形相になったかと思うと、女奴隷に言いつけてアジーズを押さえつけ、本来ならば命をとるところだがアジーザの純愛に免じて命だけは助けようと言って男の一物を切り取ってしまった。

　アジーズはからくも自宅にたどりつき、母親からアジーザが大切に持っていたというレイヨウの縫い取りを渡される。これこそ、彼らの運命を分かつことになったあの婚礼の日に、ひらひらと舞い落ちてきたハンカチだった。ハンカチには死を前にしたアジーザが切々とつづった一文が添えられており、アジーズはいつまでも涙にむせぶのだった。

ハンカチにはレイヨウの見事な刺繍があった（ロデリック・マックリー画）

カマル・ウッザマーンとブドゥール姫の物語

第171夜〜第249夜

ペルシアを治めるシャーザマーン王に待望の王子が授かった。王は息子をカマル・ウッザマーンと名づけ、大切にするあまりに世間とは隔絶させて育てた。年頃になったので縁談をもち込んでも、王子はたいそうな女嫌いに成長してしまい、父王のすすめを受け付けない。

王子は古塔に幽閉されたが、たまたま空から舞い降りてきたジンニーヤ（女のジン）が眠っている王子を見てその美しさに息をのむ。ジンニーヤはからくも欲情をおさえて再び空に舞いあがり、天の近くで、「世界で一番美しい姫」を見たというジンに出会った。このジンは遠い国に暮らすブドゥール姫の寝姿を見てきたばかりだった。だが、ジンニーヤは、自分が見た王子の方が美しいと言い張ってらちがあかない。それなら実際に二人を並べてみようということになった。

ブドゥール姫は、眠っている間に寝台ごとカマル・ウッザマーンのそばに運ばれた。姫は世に並びないほどの美女というのに、名うての男嫌いだったため、いまだうがたれざる珠だった。目を覚ました王子は自分のそばに見たこともないほど美しい乙女が休んでいるので仰天するが、相手の印章指輪を自分の指にはめるだけで満足し、再び眠りについた。続いて目をさましたブドゥール姫も王子を見るなり体が熱くなったが、王子の印章指輪を自分の指にはめると、王子をかきいだいたまま眠ってしまった。二人のジンの間では勝負をめぐる話のかたがつき、ブドゥール姫は、眠っている間に再び寝台ごと自分の部屋へと運ばれていった。

それぞれの部屋で目を覚ましたカマル・ウッザマーンとブドゥール姫は、相手を激しく恋い慕い、あの人でなければいやだと言い出して周囲の者を困らせることになった。そこで姫の乳母の息子、賢者マルザワンが王子の居所をつきとめ、狩の途中で殺されたように見せかけて王子をブドゥール姫の国へと連れていく。

王子は占い師に変装して恋患いに苦しむブドゥール姫に近づき、姫の父王から結婚のゆるしを得ることができた。だが、姫を故国に連れ戻る途中、姫の下着の紐にいわくありげな宝石が光るのを見つけてこれを手に取り、しげしげと眺めているうちに一羽の鳥がその宝石をさらってどこかに飛んでいくのを追いかけていってしまった。置き去りにされたブドゥール姫は王子の服を着て旅をし、見知らぬ国についたのだが、あまりの美男子ぶりに国王の姫と結婚することになってしまう。

この後、物語は思ってもみない展開をとげ、二人の恋人たちは再会なって愛を確認し、子宝にも恵まれるのだが、その後も延々と奇想天外の話が続くことになる。

姫は眠っている王子を見て一目で恋におちてしまった（ヘレン・ストラットン画）

黒檀の馬

第358夜〜第371夜

ペルシアの国王には二人の王女と一人の王子がいた。ある時、三人の賢者が贈り物を持ってきた。一人は時を告げる孔雀、一人は急を知らせるラッパ、一人は空を飛ぶ黒檀の馬を献上する。この馬には仕掛けがあり、引き手を操作すると、思いのままに空中を移動できるのだった。最初の二人の贈り物は国王の御意にかない、首尾よく王女を獲得した。王子が黒檀の馬に騎乗すると、馬は大空を翔けてあっという間に雲の彼方に消えてしまった。王子の姿が見えなくなったことに驚いた国王は、黒檀の馬を献上した賢者を牢獄につないでしまった。

　さて、黒檀の馬に乗った王子はある大きな町に至り、眼下に見えてきた美麗な王宮の屋根に着地すると、その宮殿に入っていった。見ると、宦官《かんがん》や侍女に囲まれて見目麗しい姫君がいる。

　王子は宦官をなぐり倒すと姫に近づき、二人は一目で相思う仲となるが、姫の父王は断りもなく娘の部屋に入ってき

相思相愛の二人を乗せて空を翔る黒檀の馬
（ジョン・バッテン画）

た異国の王子を断じて許そうとはしない。王子が姫君をもらい受けるための勝負をさせてほしいと言うと、父王は騎馬の軍勢をさしむけるが王子は黒檀の馬を操って難を逃れる。王子恋しさのあまりに床についた姫を王子はひそかに訪れ、黒檀の馬を操って故国へと飛び、離宮に姫をかくまった。

この離宮には薬草園があり、黒檀の馬を献上した賢者がたまたま薬草を求めてここを訪れていた。賢者は、王子が無事に戻ってきたので再び自由の身となっていたのである。姫の体からは麝香《じゃこう》の香りが漂っていたため、その香りを頼りに賢者がすすんでいくと、自分が献上した黒檀の馬があった。賢者は、この姫こそ王子がかくまっている相手とさとり、言葉たくみに近づくと、共に黒檀の馬にまたがってはるか彼方へと飛び去ってしまった。

王子は婚礼の準備を整えると、勇んで姫を迎えに行くが、離宮はもぬけのからだった。王子は姫の後を追い求め、苦労を重ねてその行方をつきとめた。これより先、黒檀の馬に乗った姫と賢者はある国に到着したが、賢者は牢獄につながれ、姫は王宮に捕らわれていた。王子は黒檀の馬のありかを確認すると、ペルシアの医者のふりをして姫のもとに近づいた。姫は王子を思うあまりに病の床に伏していたが、王子は姫にそっと耳打ちして首尾よく黒檀の馬に近づき、二人して馬にまたがるとそのまま空高く翔け上って故国に帰り着いた。姫の父王との和解も成り、二人は運命が二人を分かつまで仲むつまじく添い遂げたのだった。

引き手を操作すると思いのままに大空を飛ぶことができる
（エドマンド・デュラック画）

賢者は姫をかどわかすと黒檀の馬に乗って
彼方に飛び去ってしまった
(ウォルター・パジェット画)

バグダードの妖怪屋敷

第425夜〜第434夜

バグダード生まれの宝石商ハサンには、カイロ生まれのアリーという息子がいた。ハサンが莫大な財産を残して他界すると、アリーは最初のうちこそ喪に服していたが、悪友の誘いにのって遊び歩くようになった。こうして遺産のすべてを使い尽くしてしまい、妻が物乞いに出るほどになってしまった。アリーも何とかして金を工面しようと思い、旅を続けるうちに商人の一行に加えてもらい、バグダードを目指すことになった。ところがバグダードまであと一歩というところで、盗賊の一団に出会ってほとんどの商品を奪われてしまう。この時、アリーが持っていたのは、一枚の金貨のみだった。

身元を引き受けてくれた商人が家を世話してくれるというので、一軒の家を選んだ。その家に泊まった人は翌朝には必ず死人となってしまうという。アリーはあてのない身の行く末を思って投げやりになっていたので、そういうことなら今の自分にうってつけだと思い、問題の家に泊まることにした。

夜になるとどこからともなく声がして、「ハサンの息子アリーよ、黄金の雨を降らせてやろう」と言う。「その黄金はどこにあるのか」と聞き返すと、本当に金貨が雨のように降ってきた。声の主は「これで自由にしてくれるか」と聞いてくる。問いただすと、自分はアリーのために宝の番をしてきたが、今日、やっと宝の本当の持ち主にめぐりあうことができた、ついてはこれで解放してほしいという。アリーは声の主に命じてカイロの妻子を連れてこさせ、声の主を解放してやった。それからというもの、バグダードに居を構えたアリー一家はありあまる財宝を使って王侯のような暮らしを送ることになった。

ある日のこと、アリーが選りすぐりの宝玉を王に献上すると、王はことのほか喜んでアリーを大臣の職に任じたばかりでなく、姫を嫁がせようと言い出す。これを固辞して、姫を息子の妻としてくれるようにと願い出た。願いは聞き入れられ、姫はアリーの息子ハサンの妻となって盛大な祝宴が開かれた。やがて病を得て床についた王は、諸官らのすすめもあってハサンを新しい王とすることを決めた。王となったハサンは長きにわたってバグダードを治め、善政をこころがけたので民からは慕われ、子宝にもめぐまれて幸せな一生を送ったのだった。

天井からアリーのもとに山のような金貨が降ってきた
（ウィリアム・ハーヴェイ画）

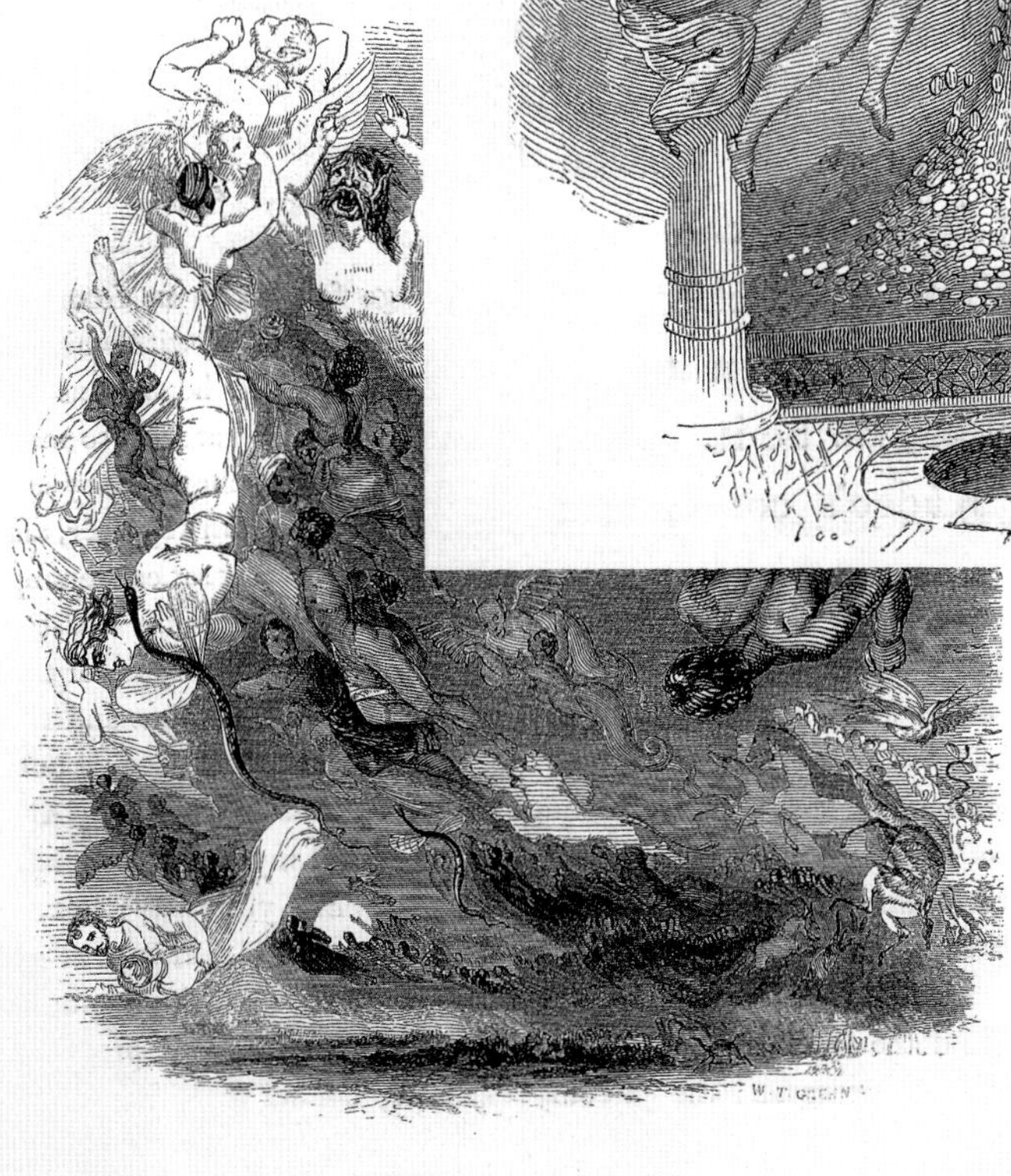

アリーは役目を果たした声の主たちを解放してやった
（ウィリアム・ハーヴェイ画）

シンドバード航海記

第537夜～第566夜

ハールーン・アッラシードがバグダードを治めていたころ、荷担ぎをしてその日暮らしをしているシンドバードという男がいた。ある日のこと、重い荷物を運びながらあるお屋敷の前を通りかかったところ、えもいわれぬ香りや妙なる調べがそよ風にのって奥の方から流れてきた。思わずわが身の境涯を嘆く詩を吟じると、邸内から姿を現した少年が是非にと言って中に招じ入れた。主人が話をしたがっていると言う。

中に通されると威風あたりを払う白鬚の老人がいて、しきりに料理をすすめてくる。老人が名前を尋ねるのでシンドバードだと答えると、老人の名前も同じシンドバードだった。海のシンドバードと呼ばれたその老人は、不思議な航海の様子を語り始める……。

島と思ったものは実は大魚の背中だった
(レオン・カレ画)

第一航海

「航海を続けるうちにある島に着き、料理を作ったり洗濯をしたりと忙しくしていると、船に残っていた船長が急に大声をあげて急いで船に戻れと叫ぶのです。島だと思っていたのは、実は巨大な魚の背中だったのです。背中で火を燃やしたせいで魚が暴れだし、島と見えたものはあっという間に沈んでいきました。私はたらいに乗って難を逃れ、ある島に漂着しました。この島では新月の時分になると海中から雄の海の馬が現れて、島につながれていた雌馬とつがうのです。私は、海馬の子をはらんだ雌馬を王のもとに連れていく人たちに同行して王宮に参内し、しばらくかの地に滞在してからバグダードに戻りました」

第二航海

「美しい島に上陸してうたたねしてしまい、目が覚めてみると船はすでに出航した後でした。木に登って目をこらすと、真っ白で巨大な物体が見えたのでそこを目指していきました。と、にわかに空が暗くなったかと思うと、巨大なルフ鳥が姿を現しました。白いドームと見えたものはルフの卵でした。私はターバンをほどいてよりあわせ、わが身をルフ鳥の足にくくりつけました。適当な場所でターバンをほどいて地上に立つと、そこはダイヤモンドの谷間だったのです。こんどは獣の肉を背中にくくりつけて、ワシが舞い降りてくるのを待ちました。ワシは肉もろともに私を谷底から引き上げました。持てる限りのダイヤモンドを持ち出してきたことは、言うまでもありません」

第三航海

「私たちが置き去りにされた島には獰《どう》猛《もう》な巨人が住んでおり、人間を常食にしているのです。巨人は仲間たちを地べたにたたきつけて殺すと、串刺しにして火であぶり、ほどよく焼けたところでむしゃむしゃと食べてしまいました。私は生き残った仲間たちと相談し、二本の鉄串を真っ赤に焼くと、眠りこけている巨人の両目に突き刺しました。私たちは海に急いで小舟に乗り込みましたが、巨人が雌の巨人を連れて戻ってきて巨大な石を投げてきたので、何人かの仲間が命を落としてしまいました。巨人の島から小舟を漕ぎ出したものの、残った仲間は大蛇に丸呑みにさ

空が暗くなったかと思うと巨大なルフ鳥があらわれた（エドワード・デトモルド画）

生き残った仲間は大蛇に呑まれてしまった（レオン・カレ画）

島には獰猛な怪物がいて人間を常食にしていた
（ウィリアム・ハーヴェイ画）

れてしまったのですが、私はなんとか難を逃れることができたのです」

第四航海

「私たちが乗った船は嵐にあって遭難し、私はとある島に漂着して国王のもとに通されました。その島には鞍がなかったので、私はこれを作って国王に献上し、巨万の富を得ることができました。妻を娶《めと》って幸せな結婚生活を送っていたのですが、病を得て妻はみまかり、葬儀をすることになりました。驚いたことにこの国では、夫婦のどちらかが先に死んでしまうと、残った方も生きながら墓穴に入れられるのです。

この島では夫婦のどちらかが先に死ぬと、残された方も生きたまま葬られる
（ギュスターブ・ドレ画）

嵐にあって船が遭難し、とある島に漂着した
（ギュスターブ・ドレ画）

私も妻の亡骸とともに墓穴に入れられたのですが、生きながら葬られた者があるたびにその人を殺しては所持品を奪い取るなどして、何とか命をつなぐことができました。やがて、運良く一筋の明かりを見つけてその方向に歩いていくと、洞窟の裂け目に至りました。こうして再び地上へとはいあがり、バグダードへと帰り着くことができたのです」

第五航海

「無人島に船を着けて上陸すると、そこには巨鳥ルフの卵がありました。何も知らない人たちが卵をたたいているうちにルフの雛鳥が出てきたので、これを殺して肉をとりました。私は知らせを受けて驚き、その場に駆けつけるとやめるように言ったのですが、時すでに遅く、怒った親鳥が船に大石を落としてきたので、船は砕け散ってしまいました。私は板につかまってなんとか島にたどり着きました。人心地ついてから歩き回っていると、小川のそばに一人の老人が腰掛けているのを見つけました。老人に近づいていくと、身振りで自分を背負うようにと言うのでその通りにしたのですが、いつまでたってもおりてくれません。どうにも苦しいので、そいつが酒を飲んで正体をなくしたすきに地べたに放り投げて殺してしまいました。後で聞いたところ

老人はいつまでたっても背中からおりてくれない（アーサー・ラッカム画）

では、この怪人は『海の老人』と呼ばれているそうです」

第六航海

「私たちが乗った船は嵐にあって砕け散ってしまい、私はとある岩山にたどり着きました。この岩山がある島では、竜涎香《りゅうぜんこう》の泉が湧き出すところを見ることができるのです。共に漂着した仲間は次々と死んでいき、とうとう私一人が残されました。私は難破船の板を使って筏を組み、海岸に散乱していた宝石や真珠、生の竜涎香などを拾い集めると、筏で川を下っていきました。やがて天上のある狭い水路にさしかかり、闇の中とて昼夜の別もわかりませんでしたが、運良くとある町に流れ着いたので、バグダードに向う船に乗り込むことができたのです」

第七航海

「私はカリフ様の命をうけてサランディーブ（スリランカ）の国王のもとに親書と贈り物を届けることになりました。カリフ様の贈り物には、馬一頭、豪華な鞍、書物、衣服、エジプトの布、深紅のカーペット、絹糸、古代エジプトのガラス器、ソロモンの食卓などが入っていました。サランディーブの国王からも多くのものを賜り、帰国の途についたのですが、途中で賊に捕まってある島に売り飛ばされてしまいました。幸い、親切な人に助けられて象の墓場を見つけることができ、象牙を商って旅金を得たのです。こうしてアッラーのお恵みによって帰国し、再びカリフ様に見えることができました」

象の墓場を見つけて象牙を得ることができた
（エドワード・デトモルド画）

海のシルクロード

アラビアと聞くと、何よりもまず砂漠を思い起こす人が多いのではないだろうか。だが、東と西を結んだのは砂漠や草原を抜ける道だけではない。シンドバードが出航したとされるバスラ（現在のイラクにある。運河によってバグダードと結ばれる）をはじめとして、中東全域には多くの港があった。

古代のアラブ人が、どのような形で海に乗り出していたかはよくわかっていないのだが、シュメール語の粘土板や近年の発掘作業によって、現在のペルシア湾岸一帯ではディルムンなどの古代文明が、インドとメソポタミアを結ぶ航路の中継貿易地として栄えたことが確認されている。主な貿易品目は、貴金属、貴石、象牙、サンゴなどであり、ペルシア湾で採れる天然真珠も重要な交易品であったと思われる。古記録に「魚の目」として記載されているのが、真珠のことらしい。

アラビア半島の西側では、古代エジプトの時代から紅海を抜けてソマリアとの交易をおこなっていたようである。旧約聖書のソロモン王は、アカバ（シナイ半島の東に位置する。現在はヨルダン領）付近から黄金を産する「オフィール」（おそらくはインド）の地に船隊を出航させたとされている。

このように、イスラームが興るはるか以前から、紅海、ペルシア湾、インド洋を結ぶ航路は繁栄していた。シンドバードが活躍した海には、先人の知恵が満ちていたのである。以下では、七回におよぶシンドバードの航海について、当時の地理書との関係や香料貿易について簡単に見ていこう。

海の商人たち

アラビアンナイトをヨーロッパに翻訳紹介したアントワーヌ・ガランのアラビアンナイトでは、シンドバードの物語は「荷担ぎ屋と三人の娘の物語」の次に入っているのだが、実を言うとシンドバード航海記は、本来のアラビアンナイトとは別系統の物語である。当初、ガランは、アラビアンナイトの存在自体を知らなかったため、独立した写本の形で入手していたシンドバード航海記のみを訳して出版を待っていた。そのうち、アラビアンナイトという大部の物語集があることを耳にし、どういう経緯かはよくわからないのだが、シンドバード航海記もアラビアンナイトの一部だと思い込んでしまい、アラビアンナイトの刊行が始まると、すでに訳稿のあったシンドバードの物語を挿入してしまったのである。

シンドバード航海記には、二人のシンドバードが登場する。一人はしがない荷物運び（陸のシンドバード）だが、もう一人は海洋貿易で巨万の富を築き、今は悠々自適の生活を享受している（海のシンドバード）。この物語では、海のシンドバードが陸のシンドバード

アブダビのダウ船工場

に自分の冒険物語を聞かせるという趣向になっている。

　これより先、新興のイスラーム勢力は六九八年には北アフリカを征服、七五〇年にはバグダードに首都をおくアッバース朝が開かれた。八三二年には一大文化センターである「バイトル・ヒクマ（知恵の館）」が設立され、イスラームの黄金時代が幕を開けたのである。八五〇年ごろに作成されたアラブの地図には、中国とインドの海岸線が描かれている。

　西アジアでアッバース朝が全盛を迎えたころ、中国は唐の時代だった。インド洋ではモンスーンを利用した定期航路が確立し、あまたの船が東西を往来した。航海にはダウと呼ばれる三角帆の木造船が使用され、十ないし十三世紀の諸資料によると、大きなものでは二百人の乗客と三トンの荷物を運ぶことができたらしい。

　シンドバード航海記には、A、B二種類の異本が伝わっているのだが、今は細かい事情はおくとしよう。アラビアンナイトの研究者であるミア・ゲルハルトによれば、シンドバード航海記の原型が成立したのはほぼ九世紀末ないし十世紀のバグダードかバスラであり、十三ないし十五世紀のエジプトで加筆がおこなわれたものであるという。なお、シンドバードは中国までは足を伸ばしていない。その理由については、唐滅亡の原因となった黄巣《こうそう》の乱（八七五〜八八四年）のために、航路が絶たれたのではないかとする見方もあるが、その確証はない。

不思議の発見

　九世紀から十世紀にかけて、インド洋で活躍する商人の見聞録や地理書が次々と著された。シンドバードの物語は、これらの記録にその多くをよっている。たとえば、物語の開始早々に登場する「背中に草や木の生えた大魚」は、八五〇年ごろの商人スライマーンによる『中国・インド誌』、九五〇年ごろのブズルク・ブン・シャフリヤールによる『インドの不思議』、一〇〇〇年ごろのワーシフ・シャーによる『不思議噺《ばなし》の要約』などにも同じような挿話が入っている。

　第二航海と第五航海には巨鳥ルフが登場する。アラビアンナイト中でルフの描写があるのは、シンドバード航海記だけではない。東洋文庫版の第十巻には「アブドル・ラフマーン・アル・マグリビーが語った巨鳥ルフの話」という小話が収録されている。ルフについては、ペルシア神話に登場する巨鳥シームルグなどとの関連が指摘されているが、一八〇〇年代の初期まで、マダガスカル島に生息していたエピオルニス（現在は絶滅）が実際のモデルであったのではないかとも言われている。エピオルニスは頭までの高さが三メー

中世の写本に出てくるダウ船。「マカーマート」より

トルもあったが、翼が退化しており、空を飛ぶことはできなかった。

第二の航海には、ルフ鳥のほかにもカルカッダンという不思議な生物が登場する。カルカッダンは竜脳樹の生い茂る島に生息しており、ラクダよりも大きな体をして、頭には太い角が一本だけ生えている。角の内部には人間の姿をした模様があるという。このくだりは、八五〇年ごろに成立したイブン・フルダーズベの『諸道と諸国の書』、前出の『中国・インド誌』、九五〇年ごろ成立のマスウーディーによる『黄金の牧場』にも同じような一節がある。カルカッダンとはサイ（犀）のことであり、竜脳樹が生い茂る犀の島というのはスマトラではないかとも言われている。

シンドバードには多数の先輩がいた。シンドバード航海記は、彼らが残した記録がなければ生まれなかったのである。

シンドバードが運んだもの

七回におよぶ航海の積荷は何だったのだろう。実を言うと、バグダードに暮らしていたシンドバードが船に積み込んだ品物については、具体的な記述がされているわけではない。その都度、「商品や旅の道具を買いこんだ」と書かれているのみである。シンドバードは船出して目的地に到着する前に遭難してしまい、積荷をすべて失ってしまう。才覚と運を頼りに危地を抜け出して救助されるのだが、漂着先で手に入れた財宝がある場合はそれを差し出し、何もない場合には自分の冒険譚を語って窮地を切り抜けている。

第四の航海では、物品を元手にする代わりに、鞍作りの技術を伝えることで富貴の身分に取り立てられている。シンドバード航海記は種々の地理書に記載された情報（実見情報もあれば、伝聞情報もある）によっている箇所が多いため、この物語に出てくる描写をうの

「シンドバード航海記」に登場する海の老人。オランウータンの姿に描かれている（ウィリアム・ハーヴェイ画）

ペルシアの写本（1685年）に描かれた騎士像

みにすることはできないのだが、商人を通してイスラーム世界の技術が伝えられるという展開には、先述の「染め物屋アブー・キールと床屋アブー・シールの物語」とも共通するものがある。

騎馬と弓矢

ムハンマドが没する（六三二年）と、イスラームは「世界軍事史上の奇跡」とも称される大征服をなしとげた。初期のころは軍馬の数も少なかったのだが、ウマイヤ朝期には騎馬軍団専用の牧場も作られるようになった。イスラームでは騎馬軍団が重用され、六四〇～四二年のエジプト征服では、騎馬兵が主力となったとされている。軍事奴隷であるマムルークが徹底した騎馬訓練を受け、戦場で活躍したことはよく知られている。

英語には「パルティア人の（最後の）一矢」（転じて「捨てゼリフ」）という言葉がある。紀元前三世紀から紀元後三世紀にかけて西アジアを支配したパルティア王国の騎馬兵は、後方に向けて弓を射る技術にたけていたという。パルティアはサーサーン朝ペルシアに滅ぼされたが、騎馬兵はサーサーン朝でも活躍した。やがてイスラームが興ると、ペルシア人の騎馬軍団が集団でイスラームに改宗するという一件もあった。

アッバース朝期には競馬もさかんにおこな

イドリーシーによる中世の世界地図。南北が逆になっている

われた。イスラームでは賭け事は禁止されているから、勝者に賞金が出るという形式のものだった。バグダードなどの大都市には競馬場があり、王侯や庶民が集う娯楽場となった。競馬などを通して蓄積された飼育技術によって優秀なアラブ馬が保存され、ゆくゆくはサラブレッドを生み出すことになったわけである。

第七の航海（先述のとおり、シンドバード航海記にはA、B二種類の異本があり、ここで述べる内容はA本によるもの）では、とある島に行き着いたシンドバードが、「弓矢の術を心得ているか」と問われて、「それならできる」と答えている。当時のイスラーム世界では弓術が尊重され、弓の名手は世間の賞賛を浴びたようである。

アッバース朝期には弓術の習得が奨励され、戸外スポーツとしても人気があった。弓の競技会もおこなわれ、勝者には賞金が与えられた。弩（クロスボウ）も使われており、ハールーン・アッラシードは、狩猟のさいに弩手の一団を伴っていたと伝えられる。ただし、弩がイスラーム世界で普及したのは、もう少し後のことらしい。馬上であつかうには面倒な構造になっていたためである。十二、三世紀の挿絵には、馬上の騎士（ファーリス）が小ぶりの弓を構えている構図のものが見受けられる。

香料の道

シンドバードの積荷については具体的な記載はないものの、旅先での物産についてはかなり詳しい描写がある。正体不明の「海の老人」が登場する第五航海の帰路には、シナモンやコショウの産地を訪れ、沈香《じんこう》木が生える島のそばを通っている。

「海の老人」の正体については諸説があるものの、よくわからない。ただ、人語を解さないことや物語の舞台設定などから、オランウータンではないかとする見方もある。オランウータンはボルネオ島およびスマトラ島に生息しており、この両島は竜脳樹の自生地でもある。シンドバード航海記には竜脳の採集法が述べられているが、このくだりは『諸道と諸国の書』や『不思議議嘶の要約』にも、ほとんど同じ記載が見られる。

冒険を終えてバスラをめざすシンドバードは、「クマーリーの沈香を産するアサラートの島のそばを通った」。このくだりに続いて、中国（もしくはサンフィー）の沈香を産する別の島があることも書かれている。

日本でも珍重される沈香は、南海貿易の重

中世の写本に描かれたワクワーク島。木に女性がなっている

要品目だった。これは熱帯に自生するジンチヨウゲ科の植物からとれる香料である。樹が倒れて土中に埋まると、長い間に樹脂が浸出して芳香を発するようになる。品質のよいものは密度が高いために水に沈むことから、「沈香」の名がついた。

クマーリーやサンフィーの名を冠した沈香は、中世アラブ世界で珍重された。沈香をスパイスや薬（胃腸病や慢性病用）として用いたこともあったらしい。クマールというのは、メコン川流域にあったクメール人の国であろうというのが定説になっている。中国語の文献では、真臘として記載された地方である。続く一節に中国（sini）とあるのは、サンフィー（sanfi）ではないかともされており、このサンフィーというのは、インドシナ半島にあったチャンパ（占城）をさす。アッバース朝の知識人は、沈香とその産地についてかなり具体的な情報を持っており、沈香となる樹を伐採した後に土中に埋めることも知っていたようである。

正倉院御物に蘭奢待《らんじゃたい》（東、大、寺の三文字が隠されている）という沈香の銘木があることは、よく知られている。これは長さ一メートル五十センチ、重さ十二キログラムという大きなものであり、アッバース朝全盛期にあたる九世紀ごろに献上されたものと言われている。本当に沈香かどうかわからなかったのだが、最近の科学調査で香気成分の組成が確認された。正倉院にはこのほかにも全浅香という沈香が所蔵されており、双方ともに当初の香気成分をそのままに保っているそうである。やはり正倉院に所蔵されていた白檀（サンダルウッド）は、千二百年を経過した今となっては、香がすっかり飛んでいたそうだ。

海の香料

第六航海では竜涎香《りゅうぜんこう》の泉を目撃している。マッコウクジラの腸内で作られる竜涎香の正体は長らくわからなかった。竜涎香は英語ではアンバーグリスであり、これはアラビア語

シンガポールのモスク。シンガポールにはムスリムが多い

のアンバルに由来している。琥珀《こはく》を英語でアンバーと呼ぶが、アンバル（竜涎香）も琥珀も同じような形状をしており、海辺で見つかることなどから混同されたものであろうということになっている。

竜涎香と書くと、いかにも中国古来の香料のようだが、これを中国に伝えたのはアラブ人だったとされる。七世紀前半のアレキサンドリアにいた人物が残した「アラビア人が薬剤師に竜涎香を教えた」という記載が、竜涎香が登場する最初期の文献ということになっており、九世紀のアラビア語文書にはアンバルの名前が見える。中国に伝わった正確な時期はわからないが、九世紀後半から十世紀にかけて、次第に知られるようになっていったようだ。

アラビアンナイトでは、麝香《じゃこう》や竜涎香などの人気が高く、さまざまな物語に登場する。竜涎香が使われる以前から、中東にはこれと類似した香料があり、ラブダナムの名で知られていた。地中海や小アジアに自生するシストローズ（ローズとはいってもバラの仲間ではない。可憐な花を咲かせ、ロックローズの名でも知られる）の葉からとれる黒っぽい植物ガムを固めたものがラブダナムである。

竜涎香はまたたく間に大人気となり、ハールーン・アッラシードによる探索隊がアラビア半島南部に派遣されたこともあったが、竜涎香ができる本当の原因はわからず、いくつかの説が唱えられることになった。主なものとしては、海底の泉から湧き出すというもの、海草であるとするもの、海中生物の排泄物であるとするものなどがある。シンドバードが見た竜涎香の泉についての記述は、『黄金の牧場』や『中国・インド誌』などの情報によっていると思われる。

十八世紀になると、ドイツ人科学者の手によって竜涎香の正体が「科学的に」解明されたが、十世紀アラブの記録にはクジラがこれを飲み込むと記されたものがあり、十三世紀のカズウィーニー（『創造物の驚異』という博物学的著作を残した）には、クジラを捕らえて体内から竜涎香を取り出すという記述がある。このような記述は一般的な通念とはならなかったが、実際に竜涎香を採取していたアラブ人たちは、この香料が大魚もしくはクジラの体内で見つかることを知っていたようである。

メッカ近くのターイフで出会った中国人ムスリム

現代のシンドバード

近世以降になると西洋諸国がインド洋に進出したが、イスラームはこの海域にしっかりと根をおろし、イスラーム・ネットワークが成立していた。現代世界で最大級のムスリム人口をかかえる国は、東南アジアのインドネシアとマレーシアである。

東南アジアに暮らすムスリムの中には、少数ながらアラブ人のコミュニティーもある。これらのアラブ人は、そのほとんどがイエメン南部にあるハドラマウトの出身者だ。彼らはイスラーム以前からインド洋周辺部に展開していたとされており、これまでの歴史を通して強固な相互ネットワークを築き上げてきた。ハドラミー（ハドラマウト出身の人）は東アフリカにも拠点を持ち、交易を手がけてきた。

イスラム以前の遺跡に残る「こま犬」。サウジアラビア北西部

ハドラマウトは聖書にも登場し、「死の土地」の意味であるとされている。砂漠に囲まれて耕地がほとんどないため、古来より多くの人が海を渡って移住していった。彼らは紀元前五世紀ごろから海上貿易に従事していたとも言われている。シンドバードの時代にもアラブ人コミュニティーが東南アジアにあったかどうかまでは定かではないのだが、十八世紀後半になると東南アジアへの移住が増え、商業的ネットワークが確立されていった。このネットワークは第二次大戦後に衰退するが、イスラームとアラブというアイデンティティーによって結ばれた人脈は今もつながっている。

ハドラマウトにはタリームという町がある。古くから学問がさかんで、イスラーム関連の文献が保存されていることでも知られており、イスラームを学ぶためにこの町を訪れるハドラミーも多い。東南アジアで財をなした人々の中には、この町に豪華な墓を作る人もいる。

昔も今も、イスラーム商人は海上の道を縦横に航行し、人もモノも海を渡って交流を拡げている。中東と一口にまとめることができるほど、中東世界は狭くはない。月の砂漠と淫靡なハーレムという固定イメージからは、すみやかに脱却していかねばならないだろう。

column

アラビアンナイトの香り

アラビアンナイトには数多くの香料が登場している。代表的な香料としては、ムスク（麝香《じゃこう》）、アンバーグリス（竜涎香《りゅうぜんこう》）、バラ水などがある。ムスクはジャコウジカの香嚢、アンバーグリスはマッコウクジラの体内で作られる。どちらも非常に希少なものであり、現在では自然保護の観点から化学的に合成されたものがほとんどだそうだ。

動物系の香りだから、単体で嗅ぐとかなり強烈な匂いがするらしいのだが、このどちらもがアラビアンナイトを代表する香りとなっている。美女の体はムスクの香りを発するという形容もある。

バラ水は現代の中東でも非常によく使われており、料理や菓子の香りづけにするのはもちろん、歓待のしるしにこれを来客にふりかける習慣も当時のままだ。古代エジプトでは、バラの花びらをオイルに浸して香油を作っていたようだが、イスラームの時代になると、水蒸気蒸留法が編み出された。バラの花びらを蒸留して水分と油分に分離するのである。ちなみに内部に溜まった水蒸気を液体にして排出するための器具をアラビア語で「アルアンビーク」と呼ぶが、この器具と言葉は日本にも入ってきた。陶製の「蘭引キ《らんびき》」というのがそれである。実際に蘭引キに似た器具を使ってフローラルウォーター（芳香蒸留水）を作った人の話によると、かなり面倒くさい作業だそうである。江戸時代の日本では、蘭引キを用いて作った「華の露」なるフローラルウォーターが大ヒット商品になったという。

「タージル・ムルークとドゥンヤー姫の物語」のドゥンヤー姫は「七つの島々からなる樟脳《しょうのう》の島々」に暮らしている。樟脳は防虫剤として日本でも使われており、本来は、熱帯アジアに自生する巨木（竜脳樹）の樹幹内から見つかる樹脂のことをさした。竜脳は中国や日本でも珍重され、かつては墨の香り付けに使われていた（現在は合成品で代用）。なお、墨の香り付けには「盲目の老人と三歳と五歳の少年の話」に登場するサンダルウッド（白檀）も用いられている。このほか、アラビアンナイトには日本でもよく知られている沈香も登場する。香料に関しては、アラビアと日本は意外に近い距離にあると言えるだろう。

アラジンの一場面。香を焚いているところ（ヴァージニア・ステレット画）

イスラームの先進技術

アラビアンナイトがまとめられたとされる中世のイスラーム世界では、当時の最先端技術が開花した。アッバース朝の首都バグダードは十世紀に最盛期を迎えるが、当時は少なく見積もっても数十万人の人々が暮らしていたようである。中国より西の世界では最大の都市だった。

イスラーム文化が生み出したのは、華麗な幻想の世界だけではなかった。現在の科学技術に直接つながるような発明や発見があいついだのである。今さら指摘するまでもないが、古代ギリシアの文化遺産を引き継いだのはイスラーム世界だった。だが、イスラーム世界はこれを引き継いだだけではない。独自の研究がなされ、独自の応用がおこなわれた。また、インド文化圏や中国文化圏との交流を通して新たな発展があったことにも注目しよう。「暗黒の中世」という表現は、西欧キリスト教社会を念頭においた言葉である。イスラーム世界にあっては、中世こそが黄金時代であった。異文化を貪欲に吸収し、言語、宗教、文化を異にする集団を緩やかな形で統合することに成功したのである。まさにパクス・イスラミカの時代であったと表現することができるだろう。

イスラームの近世

世界最先端の文化を誇ったイスラーム世界は、近世を境に凋落のきざしを見せ、やがては欧州列強の植民地となった。このような明暗を分けたものは何だったのだろう。それは人間の歴史や文化のあり方を考えるうえでの大きな問題であろうし、イスラーム世界に暮らす人々にとっては、よりいっそう重い問いかけでもあろう。

しかしながら、一部で見られるように、彼我の優劣という点にのみ問題点を絞るのは、単純すぎる発想ではないだろうか。ヨーロッパとイスラームの関係が、単純な優劣論で割り切れるとは思えない。アラビアンナイトなどを通して見えてくる両者の関係は、色つきメガネをかけた目で、相手と二重写しになった自分の姿を見極めようとする、果てしない試みの連続であるようにも思えるのである。

明治以後の日本人は、ヨーロッパの文化を貪欲に吸収した。その一方で、ヨーロッパ独自の見方や考え方を、まるで人類普遍のものであるかのように錯覚した場合もあった。欧米に学び、欧米を超えようとした先人の努力に敬意を表しつつも、新しい視点に立って世界史を俯瞰する時期に来ているのではないだろうか。

以下では、イスラーム文化黄金期の科学技術を簡単に見てみよう。

イブン・シーナー
（アビセンナ）

近代医学の母体

現代では、心身二元論にもとづいて外科手術を中心とする近代医学が主流となっている。言うまでもないが、近代医学はある時期になって突然生まれたものではない。世界各地でそれぞれの風土や文化に適合した形で、伝統医学の知識と経験が蓄積されてきた。

世界三大伝統医学とされるものは、日本人にもなじみの深い漢方（中医学）、インドのアーユルヴェーダ、そしてイスラーム世界で発達したアラビア医学である。アラビア医学はインドやパキスタンにも入り、ユーナーニー（アラビア語で「イオニア式」という意味）医学という名で現在も広くおこなわれている。

周知のとおり、中世イスラーム世界からはイブン・シーナー（ラテン名アビセンナ）、ラージーという不世出の医師が出た。イブン・シーナーによる『医学典範』は、ヨーロッパで最も権威ある医学書として十七世紀ごろまで実際に使用されていたという。近代以前は、動植物や鉱物などの自然物から薬を得ていたから、古代文明の地である中東には、自然薬に関する豊富な知識があった。中東を原産とする薬用植物も多く、有名なところでは、香料として用いられる乳香や没薬《もつやく》には顕著な薬効成分のあることがわかっている。没薬はエジプトのミイラにも使われていたから、ミイラを薬として処方することもあった。江戸の将軍に薬物としての「木乃伊（ミイラ）」が献上されたのは、有名な話である。

アラブ世界で医学が発達したのには、それなりの理由があった。古今東西を問わず、多様性を受け入れる文化は大きく発展する場合が多い。イスラーム文化が黄金期を迎えることができたのは、先行文化の遺産を貪欲に吸収するという懐の深さがあったからだった。

キリスト教世界からの亡命

これより先、ローマで勢力を伸ばしたキリスト教の内部では、神学上の解釈をめぐって大きな動きがあった。アレキサンドリアはヘレニズム世界の一大中心地として繁栄したが、急速に勢いを伸ばしていたキリスト教の立場から見れば、異教や異端がはびこる地でもあった。五世紀には女流学者として名をとどめるヒュパティアが、アレキサンドリアの主教であったキュリロスの命令によって惨殺された。彼女はアストロラーブ（後述）の研究などを残した高名な天文学者テオンの娘だったが、学園に向かう途中に襲われたのである（キュリロスは異端に対する闘いぶりを認められて、一八八二年に列聖された）。

次いでキュリロスは、コンスタンチノープルの主教であったネストリウスの追放に成功した。世に言うエフェソスの宗教会議である。

中世の写本に描かれた
人体解剖図

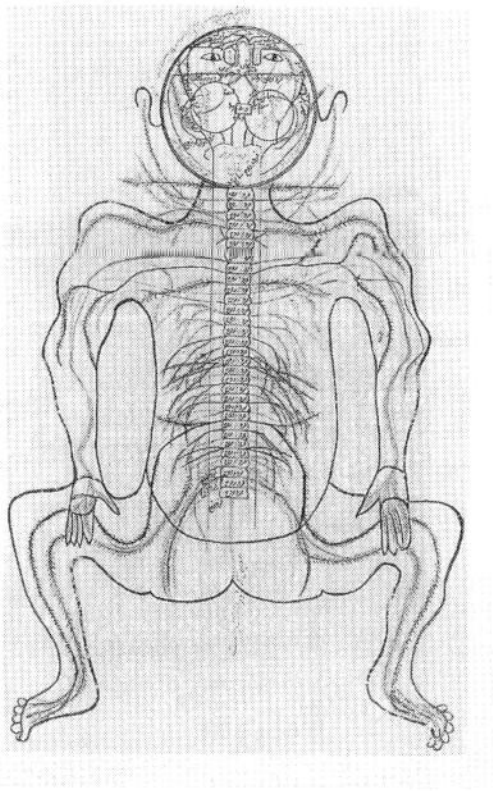

四三一年のエフェソス会議に続き、四八九年にはネストリウス派が拠っていたエデッサの大学も閉鎖された。政治力学にあっては、宗教的情熱が強力なツールとして作用するのである。

　文化都市アレキサンドリアを追われた新プラトン主義者やネストリウス派などの知識人は、迫害を逃れてサーサーン朝ペルシアへと入っていった。ペルシアはアケメネス朝のころから開明的な統治をする君主が多く、亡命してきた学者らはジュンディ・シャープールなどの町に落ち着くことができた。このジュンディ・シャープールこそが、アラビア医学発祥の地であるとされる。

　やがてアラビア半島に興ったイスラームは、またたく間に中東一帯を勢力下におさめた。新興アラブ軍は六三七年にクテシフォンを落として東進を続け、その三年後にはイランの南西部にある美しい町に至った。アラブ軍は抵抗を受けることなく町に入り、無駄な血が流されることはなかった。アラブ軍が見たものは、世界最先端をいく医学校や完備した病院だった。彼らが入っていったのは、「医都」として後世に名を残すことになるジュンディ・シャープールだったのである。

アラビアンナイトの医者たち

　アラビアンナイトで活躍するハールーン・アッラシードには偏頭痛の持病があった。彼の侍医を務めたブフト・イシューはジュンディ・シャープールの病院長だったし、やはりハールーンに仕えた医者のイブン・マーサワイヒ（後述）の父もジュンディ・シャープールの出身だった。

　ブフト・イシューというのは変わった名前に聞こえるが、シリア語で「イエスによって救われた」という意味である。その名のとおり、キリスト教徒（ネストリウス派）だった。イブン・マーサワイヒのフルネームはユーハンナー・イブン・マーサワイヒ。ユーハンナーとはクリスチャンネームの「ヨハネ」である。この人もまたキリスト教徒である。イスラーム初期に活躍した医者には、迫害を逃れてきたキリスト教徒やユダヤ人が多かった。彼らが初期アラビア医学の担い手となったのである。医学の中心がバグダードに移ってからもこのような伝統は崩れなかった。

　アラビアンナイトでも屈指の名作とされる「せむしの話」には「ユダヤ人の医者の話」が入っている。この医者はダマスカスに暮らして、医学の勉強にはげんでいた。ある日のこと、総督に仕える白人奴隷がやってきて、総督の息子を診《み》てほしいと言う。総督邸に出向いて息子の部屋に通されると、息子が脈診のために手を差し出してきた。出された手が不浄とされる左手だったので医者は驚くのだ

中世のアラブ写本に描かれたオートマタ（自動機械）

が、ここでは脈診という言葉に注目しよう。この医者は病人の脈を診て処方を書いている。これを繰り返すうちに、十日もすると病人はハンマーム（公衆浴場）に出かけられるほどに回復した。

中国・インドの医学

はっきりと確認されているわけではないのだが、この脈診というのは、中国から伝わったのではないかという指摘がある。脈による病気の診断は、中国やインドでは古くからおこなわれていた。イブン・シーナーの『医学典範』には脈による診断法が詳細に述べられている。

イブン・シーナーは現在のアフガニスタンに近い中央アジアのブハラで生まれた。彼の母語はアラビア語ではなくて、ペルシア語だった。また、アラビアンナイトで活躍するバルマク家も、アフガニスタンのバルフの出身であり、本来は仏教徒であったとされる。バルマク家の祖先には、インドに留学して医学の知識を学んだ者もあった。バルマク家が伝えた丸薬は万能薬として有名になり、イブン・シーナーの『医学典範』にもその名が記載されている。

アラビア医学の舞台では、宗教的迫害を逃れたユダヤ人やネストリウス派のキリスト教徒が活躍したばかりでなく、インドや中国からの要素も重要な役割を果たしていた。先行する二大文化圏のはざまに誕生したイスラーム世界は、両者の要素をうまくとり入れ、混ぜ合わせることで新しい文化を創っていったと言えるだろう。

ハシーシュ、ヒヨス、アヘン

アラビア医学について触れたついでに少しわき道にそれて、アラビアンナイトに出てくる麻薬を見てみよう。

アラビアンナイトには麻薬をめぐる話が多い。この当時、麻薬とは食べるものだった。苦味を消すために、香草の根や砂糖を加え、煎じ汁や菓子として食べていたらしい。東洋文庫版の第五巻には「ハシーシュ食いの話」が入っている。この男はハシーシュを食べてもうろうとなり、他愛ない空想にふけったあげくに素っ裸で往来に寝るという醜態を演じている。

ハシーシュは今でいう大麻である。これ以外の麻薬としては、バンジュやアヘンがあった。バンジュは強力な眠り薬として登場し、「アフマド・アッダナフとハサン・シューマーンと女ペテン師ザイナブおよびその母の物語」では、名うての女ペテン師ダリーラの娘ザイナブが、ライバルに「バンジュを盛って眠らせ、身ぐるみはいで」しまう。「バグダードの漁師ハリーファの物語」でも、ハール

中世のアラブ写本に描かれた星座の図

ーン・アッラシードの正妃ズバイダが、若く美しい女奴隷にバンジュを盛って恋敵を宮廷から追い払おうとする。

　バンジュはシクロンという名前で聖書にも登場する。鎮痛・鎮痙作用があり、現在では属名を短縮した形のヒヨスという名で知られている。古来より有毒植物として有名であり、日本には自生しないが、一部では薬用目的で栽培されている。

　アヘンは今も昔も代表的な麻薬だが、ここで興味深い話題を紹介しておこう。アラビアンナイトと直接の関係はないが、この時代に「テリアカ」と称する万能薬があった。もともとはギリシアで調剤されたもので、中東、中国を経由して日本にも製法が伝わっている。

　テリアカの製法は時代によって変化し、当初の形を再現することは難しいが、アヘンと毒蛇の肉が基本材料だったらしい。毒蛇の毒に含まれる成分に特殊な薬効のあることは確認されているが、テリアカに使う場合には蛇毒を含む頭と尾を切り落としていたらしく、蛇毒に由来する薬効があったとは考えにくいそうだ。江戸時代の日本でも疱瘡《ほうそう》の薬として用いられていたという記録が残っており、マムシの肉を入れていたようである。古代以来の霊薬テリアカは、今でも滋賀県の製薬店が胃腸薬として販売している。なお、言うまでもないが、現代のテリアカにはアヘンも毒蛇の肉も含まれてはいない。

星空を測る

　さて、「ユダヤ人の医者の話」の次にくる「裁縫師の話」には、アストロラーブが登場する。この「裁縫師の話」は、アラビアンナイトの成立年代を決めるさいの重要な手がかりともなっている。この話には、アストロラーブを使って年代を測定する場面が出てくるからだ。「……するとまあ、そこにはアストロラーブ（天体観測儀）が入っておったのです。七枚の円盤が銀色に輝いておりましたな。彼はそのアストロラーブを取り出しますと……太陽を見上げながらかなりの間じっと目をこらしておりましたよ……『年はと申せばヒジュラ（聖遷）より六百五十三年目、月はサファル月、日は十日目、曜日は金曜日でありまする。イスカンダル（アレクサンドロス）の紀元にしたがいますれば、七千三百と二十年目でありまして……火星を八度六分過ぎておりまする』……」。つまりこの話は西暦一二五五年三月二十一日にあたるわけである。

　アストロラーブというのは、星座早見盤を多少複雑にした観測器具である。これが最初に作られたのは、古代ギリシアもしくはヘレニズム時代だったとされている。九世紀ごろには、現在残っているような形になったらし

アストロラーブ

アストロラーブを使っているシンドバード（1881年の挿絵）

い。大学者として名高い十一世紀のアルビールーニーなどもアストロラーブに関する著作を残しており、イスラーム世界での改良が進められた。

そしてイスラーム世界でほぼ完成の域に達したアストロラーブは、やがてヨーロッパにも伝えられて広く用いられた。ロンドンやパリの博物館には立派なアストロラーブのコレクションがある。精緻な細工のほどこされたものは、コレクターズ・アイテムとして欧米の市場で取引きされている。

アストロラーブの仕組み

アストロラーブの構造はいたって単純であり、基本的には、天体の位置を示す表盤、多数の曲線が刻まれた数枚の金属盤、三角関数などの表が刻まれた裏盤を合わせて中心を固定しただけのものである。裏盤にはアリダードと呼ばれる細長い棒がついており、これを用いて簡単な測量をする。表盤には星や黄道が示されている。表盤と金属盤は自由に回転させることができ、さまざまに組み合わせながら目盛りを読むという仕組みになっている。ちなみにアリダードという言葉はアラビア語に由来しており、ほぼそのままの形で欧米語に移植された。アリダードは測量器具の名前となり、地形測量などに用いられている。

アストロラーブは、形のうえからは中国の風水盤に似ていないでもないが、用途という意味ではかなり異なった性格を持っていた。イスラーム世界では論理学や数学が大きく発展した。アストロラーブは、そのようなイスラーム文化の特徴をよく示した器具であるとも言えるだろう。

具体的な使用法の説明は他にゆずるが、アストロラーブを用いれば、日の出や日の入りの時刻、太陽の位置、太陽と星の子午線通過時刻、南中時刻などを計算することができる。また、天体に関する計算だけでなく、イスラーム世界では欠かせない礼拝時刻の決定や、メッカの方角を知るための計算をすることもできた。

このようにアストロラーブは、中世のアナログ計算機であったわけである。占星術師や天文学者にとってはもちろん、旅行者にとっても必須のアイテムだった。

イスラーム世界で用いられた観測儀は、アストロラーブだけではない。インド洋で活躍したアラブ商人たちは、さまざまな測量法を使いこなしていた。羅針盤が使われるようになったのは十三世紀であったから、それ以前の時代にあっては、北極星の高さを測定することによって自船の位置を確認したのである。北極星の高さがわかれば、緯度が算出できた。シンドバードたちの活躍の裏には測量技術の発展があったのである。

column

アラジンのランプ

アッバース朝の記録を見ると、ランプの材質には石、陶器、ガラス、金属など、さまざまな種類のものがあったようだ。庶民は陶器や金属のランプを用いており、ガラスのランプは高級品だった。アラジンが持ち帰ったランプはありきたりの金属製ランプだったらしい。あまりに汚れていたので、母親がみがいているうちにジンが出現したからである。ランプに入っていた油はオリーブ油だったと思われる。

オリーブ油は食用やランプの燃料になるだけではなく、石鹸の原料としても重要だった。石鹸は、オリーブ油とアル・カリで作る。アル・カリ（al-qali）はアカザ科の低木の灰からとれる。世界で初めて硬石鹸を作ったのはアラブ人だった。

アラジンは北アフリカから来たという魔法使いに同行し、地下の洞窟でランプを発見する。この魔法使いは、中東世界（なかでもエジプト）で大活躍したプロの墓泥棒だったかもしれない。

エジプトは墓泥棒の天下だった。墓泥棒には特殊な知識が必要だった。下手をすると命にかかわるのである。十三世紀に書かれた『カシュフ・アルアスラール』には、映画「インディ・ジョーンズ」を思わせる仕掛けが詳しく述べられている。殺人ロボットさながらのオートマタ（自動機械）が墓を守っていたのかもしれない。

魔法使いは香を焚いて土に埋もれた秘密の石板をさぐり当て、アラジンに段取りを説明する。「石板を持ち上げると、地下に続く十二段の階段がある。それを降りていくと扉があり、扉の向こうには四つの部屋がある。部屋には、金、銀、財宝の詰まった壺があるだろう。一番奥の部屋は庭に通じており、庭の木には宝石で作った果実がついている。果実には手を触れるな。リーワーン（屋根つきのテラス）にたどりつけば、上の方にランプがある。三十段の階段を昇ってそのランプを取ってこい……」

エジプトのテーベには、アラジンが入っていったような地下室とよく似た墓地が残っている。サイス朝（紀元前七〜六世紀）のプサムテク一世に仕えた貴族の墓の中には、アラジンが入っていった洞窟によく似ているものがあるらしい。

「アラジン」より。古いランプと新しいランプを交換している場面（アーサー・ラッカム画）

別巻

アラジンと魔法のランプ

アラジンのもとに魔法使いがやってきた（ウォルター・クレイン画。クレインは19世紀末イギリスの有名な挿絵画家）

今は昔、中国のある町にアラジンという少年がいた。父親のムスタファは仕立屋をしていたが、息子のアラジンは遊んでばかりで一向に家業を継ごうとはしない。父親は息子の行く末をあれこれと心配するうちに病の床につき、まもなく他界してしまった。アラジンは心を入れかえるどころかますます遊び歩くようになったが、母親は一人息子を溺愛していたから、自分が働いて細々と家計を支えていた。

ある日のこと、いつものように往来で時間をつぶしていたアラジンのもとに、見知らぬ男が親しげに近づいてきた。聞けば、兄にあたるムスタファを慕ってマグリブ（北アフリカ）から中国までやって来たのだと言う。実はこの人物は魔法使いで、ある思惑を胸にアラジンに近づいたのである。

ランプを手にするアラジン。中国とも日本ともつかない衣装に注目（ウォルター・クレイン画）

魔法使いはたくさんの贈り物をしてアラジン母子をすっかり信用させると、アラジンを郊外に連れ出した。かなり歩いたところで香を焚いて呪文を唱えると、大地が裂けて大理石の板が現れた。魔法使いは印章付きの指輪をアラジンに渡し、板を持ち上げて地下に降りていくようにとうながした。魔法使いによれば、そこに降りていけるのは世界でアラジンただ一人なのだ。地下には誰も見たことのないような財宝があふれていると言う。

　最初は怖気づいていたアラジンだったが、この言葉を聞くとすっかり嬉しくなって地下に降りていった。言われたままの道筋をたどっていくと、果たしてそこには一つのランプがあった。アラジンはランプや色とりどりの宝玉を懐に入れると出口に戻っていったのだが、地下に通じる最初の階段が高すぎるので、手を伸ばしても外で待っていた魔法使いに届かない。魔法使いはアラジンがランプを渡そうとしないものと思い込み、怒りのあまり出口をふさいでそのままどこかに行ってしまった。

ハンマームに赴くブドゥール姫。身にまとっているのは日本の着物か（ウォルター・クレイン画）

　地下に取り残されたアラジンはすっかり絶望してアッラーにお祈りしようとしたが、その時に印章指輪をこすってしまった。と、たちまち現れたジン（魔人）が「何なりとお望みのものを」と言う。アラジンはジンに命じて自分を外の世界まで運ばせた。自宅に帰りついたアラジンは母親に経緯を話し、持ち帰ったランプを売った金で食糧を買うことにした。ランプがあまりに汚れているので磨こうとしたところ、巨大なジンが現れて「何なりとお望みのものを」と言う。アラジンはジンに命じてご馳走を運ばせた。

　ご馳走を食べつくしてしまうと、料理が載っていた金の皿を商人に買い取ってもらった。アラジンには商品の知識がなかったので、ユダヤ人の商人に安く買い叩かれたりもしたが、まっとうな値で買い取ってくれる人が現れると、アラジンはそれまでの生活態度を一変させて遊び仲間との縁も断ち、商人たちとつきあいながら商売のコツや知識を身につけていった。先日、地下の宝庫から持ち帰った宝石類が世にまたとないすぐれものであることもわかったのである。

　ある日のこと、スルターンの愛娘バドル・アルブドゥール姫がハンマーム（公衆浴場）を訪れるというので外出禁止令が出た。姫の美しさは評判だったので、アラジンは一目見たいものとハンマームの扉の後ろに身を潜めて姫の到着を待った。ハンマームに到着した姫はベールを取って素顔をあらわにし、アラジンは一目で恋に落ちてしまった。

　自宅に戻ったアラジンは、姫に結婚を申し込みたいと母に打ち明ける。母は仰天するが、息子の決意が固いのをさとると、アラジンが持ち帰った宝玉

アラジンは行列を仕立ててスルターンのもとに参上した（ウォルター・クレイン画）

類を持参してスルターンの御前にまかり出た。世にも珍しい宝玉を眼にしてすっかり心を奪われたスルターンは、アラジンを姫の婿に迎えようと言う。

　これより先、スルターンは宰相の息子に姫を与える約束をしていた。宰相はあわてふためいてスルターンに耳打ちし、アラジンの婿入りを三カ月先に延期させる。宰相は大急ぎで息子と姫との婚儀を整え、二カ月後には婚礼の当日を迎えることになった。

　アラジンはランプをこすってジンを呼び出すと、新婚夫婦のベッドを運んでくるようにと命じた。就寝中の二人を乗せたベッドが運ばれてくると、宰相の息子を便所に閉じ込め、アラジンは姫との間に剣を置いてその横で休んだ。アラジンはアッラーを怖れる人間

古いランプを新しいランプに取り替えて進ぜよう（ウォルター・クレイン画）

だったから、それ以上のことは何もなかった。

　翌日の晩も同じことが繰り返され、またしても便所に閉じ込められた宰相の息子は、恐怖のあまりに姫との結婚を断念する。宰相は何とかしてアラジンと姫との婚礼を邪魔しようとするが、アラジンはランプの精に命じて婚礼の行列をしたててスルターンの王宮を訪問し、首尾よく姫と結婚することができた。さらにアラジンはランプの精に豪壮美麗な新宮殿を作らせて夫婦の居城とし、寛大無比な公子として信望を集めることになった。

　例の魔法使いはマグリブに戻っていたが、占いによって、アラジンが首尾よくランプを手に入れて幸福の絶頂にいることを知る。魔法使いは中国に舞い戻り、古いランプを新しいランプととりかえようといいながら町中を歩き回った。アラジンが不在の折に町のうわさを聞きつけた姫は好奇心に駆られ、夫が大切にしまっていたランプを魔法使いに渡してしまう。魔法使いはランプの精を呼び出すと姫もろともに宮殿をマグリブまで運ばせた。

　外出から戻ったアラジンは事の次第に驚き、印章指輪の精を呼び出して経緯を聞くと、指輪の精に命じて自分をマグリブに運ばせた。目的地にたどりついて宮殿の窓の下に立っていると、姫が姿を現したので、今後の手はずを整える。アラジンの計略は成功し、眠り薬入りのワインを飲んだ魔法使いは、アラジンの手によって成敗された。アラジンはランプの精に命じて宮城を中国まで運ばせ、スルターン亡き後はその跡をついで善政を布いた。そして死が二人を分かつまで、夫婦仲睦まじく添い遂げたのだった。

アラジンと姫は首尾よく魔法使いを退治することができた（ウォルター・クレイン画）

黄銅城の物語

第567夜〜第578夜

ダマスカスのカリフ、アブドル・マリクのもとに集まった人々が、ダビデの子ソロモン王の事跡を語り合っていると、ターリブ・ブヌ・サハルが不思議な話を語り始めた。はるかな異郷の地では、ソロモンがジン（魔人）を封じ込めた瓶が漁夫の網にかかるのだと言う。カリフは、自分もその瓶を見たいと言い出し、上エジプトの総督ムーサーを探索に旅立たせた。ムーサーがターリブや地理に詳しいシェイフ（長老）を伴って旅を続けていると、高くそびえる建物に至った。一行が入っていくと広大な墓地があり、鉄でできた碑文が立っている。その碑文を読むとこの墓所が、栄華を誇ったシャッダード王の子クーシュのものであることがわかった。

黄銅の騎士像が進むべき道を指し示した
（ウィリアム・ハーヴェイ画）

一行がさらに旅を続けていくと、高い丘の麓に着いた。見上げると黄銅の騎士像がある。騎士が持つ槍の穂先に「騎士の手のひらをなでよ。騎士は回転して進むべき方角を指す」と書いてあった。騎士像の指し示す方角へ進んでいくと、黒い石の柱があり、その柱の中には脇のところまで地中に埋まった奇怪な人間らしき姿の者がいた。

　不思議に思ったムーサーが長老に質問させてみると、この怪人がイフリート（ジンの一種）であることがわかった。イフリートは次のような話を始めた。海の王の一人がカーネリアンで作った神像を持っており、イフリートはこの像に入って命令を下していた。王には美貌の姫があり、この神像をことのほ

イフリートが示した道を進むと。黄銅でできた巨大な城市が見えてきた（レオン・カレ画）

か大切にしていたが、ある時ソロモン王が姫に求婚してきた。求婚の条件が神像を破壊することだったので、父王は怒ってソロモン王に弓を引いた。ソロモン王は絨毯を飛ばして人間やジンの軍勢を送り込み、神像を操っていたイフリートはこれと戦ったが、一敗地にまみれて石の柱に閉じ込められたのだった。

　長老はイフリートから黄銅の城に行く道を聞き出し、一行はさらに進んでいった。果たして前方に黄銅で作った塔を備えた巨大な城が見えてきた。しかし、どこにも入り口がない。そこで梯子を作って城壁にたてかけ、一名の者を上らせたのだが、城壁に上り着くや否や、身を投げてしまった。こうして次々と十二人が身を投げてしまい、長老自らが城壁を目指した。長老はコーランの章句を唱えて幻覚を避け、首尾よく城門を開けることができた。

　一行が城の中に入っていくと、町の住人はすべて骸となって絹布団の上に横たわっていた。宮殿には、死せる女王が生前そのままの姿で豪華な寝台の上に横たわっており、その目には水銀がきらめいていた。この町はかつて栄華を誇ったが、七年にわたる旱魃で死に絶えたのだった。

　ムーサー一行はアッラーへの畏れに満たされながら町を後にし、海岸に沿って歩を進めるうちにジンの入った瓶が沈められたという湖に至った。そしてかの地を治める黒人王の歓待を受け、いくつかの瓶をカリフのもとに持ち帰ったのだった。

海から来たジュルナール

第739夜〜第756夜

ペルシアのホラーサーンを治めていたシャフルマーン王には子どもがなかった。ある日のこと、城門のところに美しい娘を連れた商人がいるというので、連れてこさせたところ、まことにこの世の人とも思われぬ娘の美貌に王はすっかり心を奪われてしまった。王は娘を妃として片時も放さなかったが、妃は一言も言葉を発しなかった。やがて時が過ぎて妃が打ち明けるには、自分は海の王の娘ジュルナールである、兄のサーリフとの口げんかがもとで陸にあがることになり、今は王の子を身ごもっていると言う。月満ちてジュルナールは玉のような王子を産み、海の一族との和解も成ってその子はバドル・バーシムと名づけられた。

　シャフルマーン王亡きあとはバドル・バーシムがその跡を継いだが、王宮を訪ねてきたおじのサーリフと母ジュルナールが妃選びの話をしているのを耳にして、話の中に出てきた海の王の一人、アッサマルダル王の娘ジャウハラ姫に恋焦がれるようになる。

　恋心を抑えられなくなったバドル・

城門のところに美しい娘を連れた商人がいた
（ブランデージ画）

ジュルナールは香を焚いて、一族を呼び寄せた（ブランデージ画）

バーシム王は、海中にあるアッサマルダル王のもとを訪ねた。アッサマルダル王は名うてのわからずやとあって、サーリフの首をはねようとするが、逆にとりおさえられてしまった。娘のジャウハラ姫は難を逃れてある島に至り、高い樹に登って身を隠した。バドル・バーシム王も後難をおそれてその場を離れたのだが、運命に導かれるままにジャウハラ姫のいる島に足を踏み入れ、姫が身を隠している樹の下に至った。

バドル・バーシム王は姫に気づき、降りてくるようにとうながすと、姫は今回の騒動はすべてこの若者のせいだというので、魔法を使って王を鳥の姿に変えてしまう。姫は女奴隷に命じて王を乾きの島に連れていかせるが、女奴隷は鳥の姿にされた美しい若者を哀れみ、別の島に置き去りにした。やがてその島を訪れた猟師が美しい白鳥の姿となった王をとらえて国王に献上すると、魔法をあやつることができたその国の王妃は、白鳥を見たとたんにバドル・バーシム王であることを見抜いた。

王妃の魔法によって人間の姿にもどったバドル・バーシム王は故郷をめざし、魔法をあやつる女王ラーブの島に漂着する。この島では女王をめぐって一波乱あるのだが、最後は母ジュルナールらの力によってアッサマルダル王との和解もなり、めでたくジャウハラ姫と結ばれることができたのだった。

バーシム王は魔法で鳥の姿に変えられてしまった（ブランデージ画）

バスラのハサン

羽衣の乙女

第779夜～第831夜

バスラに住んでいた金細工師ハサンの店にペルシア人のバフラームがやって来た。バフラームは錬金術の秘法を教えると言ってハサンを誘い出し、殺そうとする。信仰する拝火教の神にハサンを犠牲としてささげるつもりだったのだ。ハサンは運良くバフラームの魔手を逃れると旅を続けて荒野に至り、七人の姉妹が暮らす宮殿へと入っていった。ハサンは姉妹の歓迎を受け、彼女たちを味方につけて邪悪な拝火教徒を成敗することができた。

十羽の白鳥が飛んできたかと思うと娘の姿になった（アルバート・レッチフォード画）

　やがて姉妹は宮殿を留守にすることになり、ハサンに鍵を渡した。どの部屋を開けてもよいのだが、一つだけのぞいてはならない部屋がある。ハサンは好奇心を抑えきれずに禁断の扉を開けてしまった。扉を開けると池があり、十羽の鳥がそこへ飛んできた。物陰に身を隠すと、鳥と見えたのは羽衣をまとった娘だった。十人の娘は全裸になって水浴びを始め、ハサンはその中の一人に恋い焦がれてしまう。やがて帰城してきた姉妹の一人から、羽衣を隠してしまえばよいという知恵を授けられ、目当ての娘を我が物とすることができた。

　ハサンは、姉妹らの助けもあって娘と結婚できたが、故郷の老母を思い出し、新妻を連れてバグダードへと戻った。二人の間には子どもたちも生まれ、幸せな生活が続いた。

十人の娘は全裸になると水遊びを始めた（レオン・カレ画）

ハサンは世話になった姉妹のもとを再訪したいと思い、羽衣のありかを母親に打ち明けて家を後にする。妻はこの会話を聞き、一計を案じてハンマーム（公衆浴場）へと赴いた。彼女の美しさはあっという間にバグダード中の噂となり、これを聞きつけたズバイダ妃（カリフ、ハールーン・アッラシードの正妃）のお召しがかかった。

妃に「何か芸事ができるか」と尋ねられた妻は、「家にある羽衣があれば舞をごらんにいれましょう」と答えて羽衣を取り戻すと、「ワークの島に来れば再会できます」と言い残し、二人の子どもを連れて魔界へと飛び去ってしまう。

ハサンは「ワークの島」という言葉を手がかりに家族の行方を探し求め、七人姉妹やその伯父などに助けられながら目的地に到達することができた。ワークの島には女王が君臨しており、ハサンは女王の乳母の助けをかりて妻の行方をさぐりだした。女王はハサンの子どもたちを拷問にかけて苦しめるが、ハサンは魔法の頭巾と杖を手に入れて妻子を救出し、故郷に戻って幸せな家庭生活を送ったのだった。

ハサンは一人の娘の羽衣を隠してしまった（アルバート・レッチフォード画）

空飛ぶ絨毯
アフマッド王子と妖精パリ・バヌー

ガラン版より

国王にはヌーロニハールという美しい姪がいた（チャールズ・ロビンソン画）

あるところに三人の息子と一人の姪を持つ国王がいた。長男はホサイン、次男はアリー、三男はアフマッド、姪はヌーロニハールという名前だった。三人の王子はともに美しいヌーロニハールを愛するようになる。父王は、世

三人の王子は空飛ぶ絨毯にのって故郷をめざした（チャールズ・ロビンソン画）

王子が入っていった地下宮殿は妖精パリ・バヌーの居城だった（チャールズ・ロビンソン画）

界で最も珍しいものを持ち帰った者をヌーロニハールと結婚させることにした。三王子は旅立ち、ホサイン王子は「空飛ぶ絨毯」、アリー王子は「見たいものが見える望遠鏡」、アフマッド王子は「命のリンゴ」を持ち帰る。

三王子が落ち合ったところでアリー王子の望遠鏡をのぞくと、ヌーロニハールが死にかけていた。三王子はホサイン王子の絨毯に乗って宮殿に戻り、アフマッド王子が持ち帰った命のリンゴをヌーロニハールの口元におくと、ヌーロニハールは息を吹き返した。父王は三つのうち、どれが欠けても姫の命を救うことができなかったのだからと、今度は弓矢による試合を命じる。一番遠くまで矢を射た者が姫の夫となるのである。

一番遠くまで矢を射たのはアフマッド王子だったが、肝心の矢が岩山に落ちたために見つからない。そこで父王は、二番目に遠くまで矢を射たアリー王子を姫の夫に定めた。失意のホサイン王子は隠者となって宮廷を去った。アフマッド王子は矢を探しに旅立ち、とある岩山で自分が放ったのと同じ矢を見つけた。

周囲には多くの洞窟があり、その一つに入ると地下宮殿へと連なっていた。宮殿にはたとえようもなく美しい妖精のパリ・バヌーがおり、二人は一目で相思相愛の仲となって結ばれる。

　やがて、アフマッド王子は父王のもとに戻るのだが、あまりの羽振りのよさに父王の心には疑惑が生じ、女魔術師に命じてアフマッド王子の宮廷をさぐらせる。女魔術師は仮病を使ってパリ・バヌーの宮廷に入り込み、そこには世界のどこよりも多くの富があることを知る。女魔術師が父王にそのことを奏上すると、大臣にそそのかされた父王は、あり余る富を持ったアフマッド王子をねたみ、王座をねらっているのではないかと疑うようになる。父王は讒言《ざんげん》に乗って王子に難題を与えるが、パリ・バヌーの献身的な愛と魔力に助けられて王子は危機を乗り越える。

　最後には、パリ・バヌーの兄弟が登場して宰相や女魔法使いもろとも、今は敵となった父王を倒した。アフマッド王子は父の跡を継ぎ、兄弟との再会も果たしてパリ・バヌーと幸せに暮らしたのだった。

パリ・バヌーは配下のジンを呼び出した（チャールズ・ロビンソン画）

ディズニーの映画ではアラジンが空飛ぶ絨毯に乗っているが、原典では別の話の一部である（チャールズ・ロビンソン画）

別巻

アリババと四十人の盗賊

盗賊たちが宝物を運びこんでいた（1820年代のアメリカ版から。最後に妖精が登場する）

ペルシアの国に二人の兄弟がいた。兄はカーシム、弟はアリババという名前だった。父親が亡くなると兄弟は遺産を仲良く等分にわけあったが、兄のカーシムは金持ちの娘と結婚して商売も順調に運び、ゆとりのある暮らしを送っていた。反対に弟のアリババは、心栄えはいいが貧しい家の娘と結婚して暮らしもうまく立ち行かず、貧乏な毎日に甘んじていた。

そのうちにアリババは蓄えてあった小金をはたいて斧とロバを買い、山に入って薪を切っては市場で売るという商売を始めた。ある日のこと、いつものように山に入っていくと、土煙が巻き起こって騎馬の男たちがやって来るのが見えた。アリババは怖くなって木に登り様子をうかがい、一行の人数を数えたところ、全員で四十人だった。

馬から降りた男たちはめいめいが大きな袋をかついでおり、首領とおぼしき人物が岩壁にはめられた小さな扉に向って「ゴマよ、汝の扉を開けよ」と呼ばわっている。と、たちまち扉が開いて男たちの姿はその中に消えていった。やがて一行は扉から外に出てきたが、袋は空になっていた。

一行がその場を立ち去ったのでアリババが首領と同じ呪文を唱えると、扉がするすると開いたのでそのまま中に入っていった。洞窟の中は世界中から集められた宝物が一杯だった。あの男たちは盗賊団だったのだ。アリババは驚嘆しながら宝物のつまった部屋を見て回り、金貨を袋につめて家に持ち帰った。

自宅に戻ったアリババから経緯を聞いた妻は、山のような金貨を見て驚き、隣にある兄の家から枡を借りてきておおよその量だけでも測っておくことにした。妻が枡を借りにいくと、兄嫁はアリババの家はひどく貧しくて計量するようなものなど何もないはずなのにといぶかり、枡に蜜蠟を塗っておいた。

兄嫁が戻ってきた枡を見ると、蜜蠟を塗っておいたところに金貨がくっついていた。兄嫁は嫉妬にかられ、アリババの秘密を聞き出すように夫のカーシムに迫る。カーシムも欲の深いたちだったから、弟から宝庫の秘密を聞き出すと勇んで山の中に入っていった。例の呪文で扉を開け、しこたまお宝を袋につめこんだはいいが、帰る段になって呪文を忘れてしまった。「開け、オオムギ」「開け、コムギ」「開け、マメ」などと言いながらもたもたしているうちに盗賊の一味が戻ってきて、カーシムはその場でやつ裂きにされてしまった。

いつまでたっても兄が戻ってこないのを心配したアリババが「開け、ゴマ」の呪文で秘密の扉を開けると、兄の死体が吊り下げられていた。遺骸を持ち帰って途方にくれていたが、兄の家で使っていたアビシニア生まれで美しい女奴隷のマルジャーナが人並みすぐれて聡明であることを知っていたから、マルジャーナに後を託し、兄嫁は自分が引き取ることにした。

マルジャーナは、まず薬種商のもとに行って重病人用の薬を買い求めた。さらに翌日、今度は危篤の人に飲ませる薬を買い求め、カーシムが明日をも知れぬ身であることを印象づけた。その次には、誰よりも早起きの靴職人ムスタファーに目隠しをして連れてくると、バラバラになった遺骸を縫い合わせてもらい、世間には病死と思わせて型どおりの葬式を出すことができた。

盗賊の一団が秘密の扉を開けてみると、ぶらさげてあった遺骸がなくなっている。自分たちのことがばれてしまったからには、先手をうたねばならないというので、盗賊の一人が町に送り出された。盗賊はムスタファーの店先で死体を縫い合わせたという話を聞いて事の顛末を見抜き、ムスタファーに目隠しをして記憶どおりの道を歩かせ

盗賊はカーシムの家を探し当てると目印をつけた
（1856年出版のアメリカ版から）

た。こうして首尾よくカーシムの家まで案内させると、目印にするために家の扉に白いしるしをつけた。だが外出から戻ったマルジャーナはすぐさま敵の計略を見破り、近所中の扉に同じしるしをつけておいた。

　夜になって首領に率いられた一味がやってきたが、どの家にも同じしるしがあるため、目あての家がわからない。しくじった盗賊は首領によって成敗されてしまった。この後、別の盗賊が今度は赤いしるしをつけて帰っていくが、またしてもマルジャーナに見抜かれて同じ結末となってしまう。

　業を煮やした首領は自力で目的の家を探り当て、残った三十八人全員で乗り込む計画をたてた。自分は油商人に変装し、部下の盗賊は油を入れたと見せかけた革袋に身を隠すのである。首尾よくアリババ家の客となることができた首領は、決行の時期をうかがっていた。

　マルジャーナは客人のもてなしに忙しく立ち働いていたが、油が足りなくなったので油をわけてもらおうとしたところ、近づいてくる人の気配を首領だと思い違いをした手下がうっかり声を出してしまった。マルジャーナは敵の計画を見抜き、大鍋で煮立たせた油を革袋にそそぎこんで全員をあの世に送ってしまう。これに気づいた首領は塀を越えて

マルジャーナは油壺に油を注ぎ入れた（ルネ・ブル画）

マルジャーナは隠し持った短刀で首領を刺し殺した（1856年のアメリカ版から）

マルジャーナが油壺に油を注いでいる場面（1856年出版のアメリカ版から）

逃走した。マルジャーナの知力に感じ入ったアリババは、彼女を奴隷身分から解放した。

さて、手下を全員失った首領は復讐の念に燃え、商人に変装してアリババの息子に近づくうちに親交が深まり、ついには家に招待されるまでになる。アリババも息子も商人の正体には気づかない。マルジャーナは家にやってきたのが短刀を隠し持った盗賊の首領であることを見抜き、踊り子に扮して宴にはべると見事な剣の踊りを披露する。それから、伴奏に用いる太鼓を差し出して心づけを催促し、首領が懐をまさぐっているすきに剣で刺し殺してしまった。

マルジャーナの知恵と献身に感じ入ったアリババは長男との結婚をすすめ、長男もマルジャーナに心を寄せていたとあって話はすぐにまとまった。盛大な婚礼がすみ、一年がたったころ、再びあの洞窟を訪れてみると、誰も入った跡がない。そこで、値のはるものを運び出してはこの上もなく楽しい日々を過ごしたのだった。

首領の前で踊るマルジャーナ
（エドマンド・デュラック画）

首領の前で踊るマルジャーナ
（レオン・カレ画）

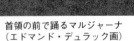

アラジン・ミステリー

さて、いよいよ「千一夜」の大スターとも言えるアラジンの謎にせまってみよう。ガランのフランス語訳には、アラジンは中国人であると明言されている。ということは、ガランがアラビアンナイト訳出の底本としたシリア系のアラビア語写本にも、そう書いてあるはずだ。

先に答えを書くと、問題のシリア系写本にはアラジンの物語は収録されていない。ガランは三巻ないし四巻からなるシリア系アラビア語写本をもとにして、アラビアンナイトの翻訳を進めた。三巻までは現存しており、パリの国立図書館が所蔵している。

ガラン版アラビアンナイトを分析すると、どうやらこれに続く四巻目があったことは確からしい。三巻目の最後には「カマル・ウッザマーン」の物語が入っているのだが、最初の九夜分で終わっている。この物語は、ガラン版アラビアンナイトには完全な形で入っているから、ガランは三巻本のシリア系写本以外にも別資料を持っていたはずだ。しかも、ガラン版に入っている「カマル・ウッザマーン」は、シリア系とは別系統の伝承に属する物語であることが確認されている。

とすると、ガランの手元にあった幻の四巻目というのは、シリア系とは別系統のアラビア語写本だったと思われる。ガランはこの幻の四巻目からも物語を訳出していった。だが、どうやら四巻目を訳し終えると、「ネタ切れ」になってしまったらしいのである。

ガランの困惑

そこでガランはどうしたか？　商魂たくましい商売人だったら、ここで物語捏造《ねつぞう》をやったかもしれない。さすがにガランはそこまではやらなかった。

最初のうちは、続きの写本はすぐに見つかるだろうと楽観的なことを考えていたようだ。だが、人に頼んだり、つてを頼ったりしても、目当ての写本はなかなか見つからない。イスタンブールで疫病が発生したことも、写本の探索を妨げたようだ。

ネタがなかなか見つからないのに、出版社からは督促がくる。まるでアイデアに行きづまった現代の流行作家みたいだが、ガランは真面目な学者だったから、それなりに信用できる情報源を求めて、できる限りの手を尽くしたようだ。

ここでハンナ・ディヤーブという人物が登場してくる。ハンナという名前だけを見ると女性のようだが、そうではない。この人はアレッポから来たマロン派の修道僧だった。マロン派というのは東方キリスト教の一派であり、現代でもレバノンには多くの信者がいる。レバノンでは昔からさまざまな宗教や民族が混在しており、現代のレバノンでは、大統領はマロン派キリスト教徒、首相はスンニー派ムスリム、下院議長はシーア派ムスリムと決められている。ただし、レバノン内戦やパレスチナ紛争などの影響もあって国内の人口比が大きく変動し、昔ながらの振り分け方式を見直そうという動きも強い。

十八世紀初頭のフランスは、レバノンをはじめとするレバント諸国との縁が深かった。貿易上の理由もあるが、フランス国内での宗教的な理由もあった。当時のルイ十四世はカルバン派に対抗して、カソリックの秘儀の正統性を裏付けるような資料をさがしていた。東方教会はそのような資料を保存しているのではないかと思われていたのである。

アラジンの語り手

さて、ネタ切れにあえいでいたガランは知人の旅行家を通して、ハンナ・ディヤーブと面会した。このディヤーブこそが、アラジンの物語を語った人物であるとされている。

ディヤーブはアラジンのほかにも多くの話を知っていた。ガランには全部で十七の話を語ったとされており、ガラン版アラビアンナイトにはそのうちの七つが収録されている。空飛ぶ絨毯が登場する「アフマッド王子と妖精パリ・バヌー」も、ディヤーブの語りの中に入っていた。

レイン『エジプト風俗誌』に描かれたカイロの語り手

ガランの日記を読むと、ディヤーブはアラジンその他の物語を原稿にしてガランに手渡したらしい。文字の形で記録されたものとしては、このディヤーブ原稿が「最古の」アラジンになるわけである。この原稿の行方はわからない。

このようにしてアラジンは、ガラン版アラビアンナイトの中におさまった。ガラン版アラビアンナイトは大ベストセラーとなり、全巻の訳出を待たずにヨーロッパの各国語に訳されたのである。

ガランは、アラビアンナイトには題名どおりの千一夜分の物語が入っているはずだと信じ込んでいたようである。千一夜分の物語があると信じていればこそ、ディヤーブとの出会いもあった。ディヤーブに会ったからこそ、アラジンは世に出たのである。

ガラン版アラビアンナイトは十二巻までが出版されたが、無論のこと、千一夜分の物語が入っているわけではない。手持ちの三巻ないし四巻本のシリア系写本、シンドバード航海記、ディヤーブからの聞き書きなどをすべて詰め込んではみたが、千一夜には到底及ばなかったのである。

となると、商売っ気のある人間なら誰もが考えることがある。ガラン版の続きを見つければ、必ずやベストセラーになるはずなのだ。こうして、ガラン版の続きが入っているはず

アラジンの最初期の挿絵

の写本さがしが始まった。

写本を作る男たち

大きな学問的情熱とささやかな（場合によってはかなり大きな）経済的欲求から、真面目に写本をさがした者もいたが、手っ取り早く偽写本をでっち上げてしまった者もいた。ここではシャヴィとサッバーグの二人をとりあげよう。

シャヴィやサッバーグがアラジンの写本を作ったのは、十八世紀後半から十九世紀初頭にかけてのフランスだった。一七八九年のフランス大革命では、すぐれた能力や技能を持った人々も情け容赦なくギロチンにかけられた。この結果、実用的なアラビア語の知識を持った人材が底をついてしまったのである。いっぽうで、ナポレオンのエジプト遠征の影響もあって、この時代にはアラビア語圏からフランスに移ってきた者が少なくなかった。

シャヴィはシリアの出身だったらしく、大革命の直前にフランスに移ってきたようである。パリでの経歴についてはよくわからないが、アラビア語を教えて細々と暮らしていたらしい。やがてシャヴィはガラン版アラビアンナイトに目をつけた。そして、このロングセラーが未完成のままで終わっていることに気づいたのである。

さて、シャヴィは図書館に通って未発見のアラビアンナイト写本をさがし求めたのだが、どうもうまくいかない。シャヴィにしてみれば、アラビア語のアラビアンナイト写本を見つけようと思ったのは、そもそもが金目当てだったわけだから、見つからないのであれば、作ってしまえばよいのである。

シャヴィはあちこちからそれらしい物語を引っぱってきて、「完本アラビアンナイト写本」の作成にとりかかった。だが、それも六百三十一夜までだった。

抜け目のない彼はここではたと気がついた。「完本アラビアンナイト写本」を一から作るのではなく、ガラン版の続き「らしき」写本を作ってしまう方が、はるかに手間が省けるではないか。

こうしてシャヴィは、ガラン版の続きと称する物語を出版社まで持っていった。今で言う企画持ち込みである。シャヴィの企画は採用され、「続千一夜物語」として出版されることになった。ただし、シャヴィは下訳者の地位に甘んじることになった。翻訳は正確なのだが、あまりにも文章がヘタだったのである。

そこで、すでに作家としての文名が高かったカゾットが、「続千一夜物語」の光栄ある「訳者」となった。シャヴィがヘタクソながらも真面目に訳出したフランス語を、カゾットがリライトした。ただしカゾットは翻訳者としての地位に甘んじることができず、勝手

パリの古書店の主人。アラビアンナイトのコレクターとして有名

な創作もやらかしている。

もう一つの写本

アラジン写本を作ってしまった犯人は、もう一人いた。彼の名前はミヒャエル・サッバーグ。この人はシリアのアッカで生まれ、ダマスカスできちんとした識字教育を受けた。アラビア語には、いわゆる書き言葉としての「フスハー」と話し言葉である「アーンミーヤ」があるのだが、サッバーグはこの双方を使いこなすことができた。

　彼はナポレオンのエジプト遠征の後でフランスに渡り、アラビア語の知識をいかしてそこそこにゆとりのある生活を手に入れることができた。当時のフランスでは東方世界への関心が一気に高まっていた。エジプト遠征には大きな意味があった。ガランの時代、中東世界は夢と憧れの対象だったが、十九世紀には学術調査の対象となり、このプロセスを通じて蓄積されていった膨大なデータが、後の植民地経営に役立てられたのである。

　サッバーグは一八一〇年ごろ、ある東洋学者の求めに応じて、完本アラビアンナイトのアラビア語写本と称するものを筆写した。このサッバーグ写本は「バグダード写本」と呼ばれ、のちの世の研究者をおおいにまどわせることになった。こうして二種類のでっち上げアラジン写本ができあがった。先の「シャヴィ写本」、そしてこの「バグダード写本」である。

　さて、ガラン版アラビアンナイトをめぐっては、当初から批判の声がないわけではなかった。当時のフランス人の嗜好に合わせるため、意訳した箇所や演出過剰の箇所が多すぎるというのである。もっとも、翻訳に対する考えかたは時代によって左右されるから、時代背景を考えるならば、ガランにはそれほど大きな罪はないという見方もある。いずれにせよ、ガランの訳業がなければ、アラビアンナイトの世界文学への変身はなかったわけだから、その意味ではガランには大きな功績があったと言えるだろう。

　翻訳の質とは別に、アラジンをめぐってはさまざまな憶測がとびかった。底本となったシリア系写本に載っていないため、アラジンはガランの創作ではないかとする意見までが飛び出すはめになった。

　アラジンのオリジナル写本は見つからないままだったが、ここでエルマン・ゾータンベールという人物が登場する。彼はパリ国立図書館で東洋語写本を担当しており、当時知られていた限りのアラビアンナイト写本を調査したのである。

　ゾータンベールは多くの写本を「発見」している。長らく所在が不明のままだったシリア系写本三巻、つまり、ガランが翻訳に使用

中国風に描かれたアラジン
（マッケンジー画）

したアラビア語写本を見つけたのもこの人だった。ゾータンベールがおこなった写本の研究は、その後のアラビアンナイト研究の基礎を築くほどに重要なものであるとされる。さらに一八八八年、ゾータンベールはある古書店からアラビア語の写本を購入した。事実は小説よりも奇なりと言うとおり、なんとこれが例の「バグダード写本」だった。あのサッバーグがでっち上げた偽写本である。

サッバーグよりも先、シャヴィも偽写本をでっち上げてアラジンの物語をその中にしのび込ませたが、この人は文章がヘタクソだった。だが、サッバーグはダマスカスできちんとしたアラビア語教育を受けたこともあり、なかなかの名文家だったらしい。サッバーグがでっち上げたアラジン写本には、さしものゾータンベールもだまされてしまった。

さて、アラビア語のアラビアンナイトは、フスハーとアーンミーヤが交じり合った文体で書かれている。わかりやすく言うと、それなりの作文教育を受けた知識人が、民間語彙を豊富に取り入れながら書き進んでいったわけである。サッバーグは、このような芸当をうまくこなしていた。彼の手になるアラジンは、ゾータンベールほどの目利きが見てさえ、正真正銘の「アラビアンナイト写本」だったのである。

こうしてガランの「汚名」ははらされ、アラジンは確かにアラビアンナイト中の物語だったということになった。

アラジンの正体

では、サッバーグのアラジンが偽ものだと見破ったのは誰だったのか？　実を言うと、サッバーグ・アラジンの正体がわかったのは、ごく最近のことである。秘密を暴いたのはハーバード大学教授ムフシン・マフディーだった。彼はアラビアンナイト研究の重鎮とされ、綿密な写本分析を通してバグダード期にまとめられた「原型アラビアンナイト」の復元に成功している。マフディーの研究によると、最初期のアラビアンナイトは、夜の数にしてせいぜい二百数十夜の物語集であり、ガランが翻訳に使ったシリア系写本とほぼ同じ内容であったらしい。また、これらの物語は一定の意図のもとに編集がおこなわれ、文学的にも完結しているというのが彼の見方である。

このようにして、シャヴィのアラジンもサッバーグのアラジンも化けの皮がはがされることとなった。シャヴィのアラジン写本を見ると、フランス語の語法をそのままアラビア語に翻訳したと思われる箇所が散見される。

アラジンの正体さがしは、結局のところ振り出しに戻ったわけである。アラジンとは誰だったのだろう……。

column

開けゴマ

「アリババと四十人の盗賊」はアラビアンナイトの中でも最も知られている話の一つだろう。ただしこの物語も、本来のアラビアンナイトには含まれていなかったらしい。アラビアンナイトの翻訳者であるガランが、シリア人のハンナ・ディヤーブから聞き取った話の中にアリババも入っていたのではないかとされている。「アリババ」の物語が記されたオリジナルのアラビア語写本については、「アラジン」のオリジナル写本をめぐる経緯と同じような紆余曲折があり、本物はいまだに見つかっていない。

「アリババ」には有名な呪文が出てくる。誰もが一度は聞いたことがあるだろう。「開け、ゴマ」である。アラビア語では「イフタフ（開け）・ヤー（かけ声）・シムシム（ゴマ）」。「セサミストリート」というテレビ番組があるが、英語でゴマを意味する「セサミ」は、アラビア語の「シムシム」に由来している。なお、セサミストリートという番組名は、アメリカでゴマ栽培に従事していた労働者の町にあった大通りの名前に由来しているそうだ。

　ここで、どうしてゴマなのかという疑問がわくのだが、結論を先に書けば、これがよくわからない。野生のゴマのさやがはじける時にはかなり大きな音がするからとか、性的な隠喩があるのではなど、いくつかの説がある。「荷担ぎ屋と三人の娘の物語」には、女性器を「さやをむいたゴマ」と表現している箇所もある。

　また先述したように、「アリババ」のアラビア語写本が見つかっていないこともあり、「開けゴマ」が中世ないし近世のアラブ社会で実際に呪文として使われていたのかどうかも、よくはわからない。

　ゴマ栽培の歴史は古く、古代エジプトではすでに重要な食品だった。アッバース朝期には農業革命がおこって農産物の収量が飛躍的に増大し、ゴマの栽培地も広がったようである。ただし、食用油として最も一般的なのはオリーブ油だった。オリーブの木はコーランにも登場するほど、この地方の文化に深く根付いていた。食用油以外にもランプの燃料や石鹸の原料ともなった。食用油としてのゴマ油は、オリーブ油ほど広く使われることはなかったようである。

1856年にアメリカで出版された児童向け「アリババ」より、「開け、ゴマ」の場面を描いた表紙

アラビアンナイトとオリエンタリズム

本書でもたびたび触れたように、アラビアンナイトとオリエンタリズムは深い関係にある。だが一口にオリエンタリズムといっても、時代や地域によってさまざまな展開を見せている。ここでは、アラビアンナイトとオリエンタリズムの関係を簡単に検証してみよう。両者のかかわりには、深い文明史的意味がこめられているからだ。

言うまでもないが、ヨーロッパ世界と中東イスラーム世界の関係は非常に複雑である。敵対した歴史が長いにしても、一方的な敵味方というわけでもない。文化、民族、宗教、そのどれをとっても複雑にからみ合いながら双方の歴史が書かれてきた。近代以後の植民地化にしても、ある時期になって突然、ヨーロッパが中東を武力で制圧したわけではない。他者としての中東を見るヨーロッパの視線にしても、決して一様ではなかったのである。

オリエンタリズムという用語が人の口にのぼるようになったのは、それほど古い時代のことではない。歴史的に見れば、当初のオリエンタリズムとは、オリエント（ヨーロッパ東方の地域）という異世界への憧れと一方的な思い入れのことであったと定義できるが、先日、物故したパレスチナ系アメリカ人エドワード・サイードの『オリエンタリズム』が出版されて以来、注目されるようになった。

すでに名著の仲間入りを果たした『オリエンタリズム』では、西洋近世以後のヨーロッパと中東世界の関係に鋭いメスを入れ、オリエンタリズムという言説が一方的かつ差別的な他者理解のための枠組みとして利用された結果、植民地支配のツールとなっていった状況を詳しく分析している。これ以後、オリエンタリズムには否定的な見方が向けられる場合が多くなった。

アラビアンナイトの紹介者

オリエンタリズムを理解するには、中世以来のヨーロッパと中東イスラーム世界との関係から説き起こす必要があるのだが、紙数の都合上、ここではアラビアンナイトを初めてヨーロッパに紹介したガランの言葉から見ていくことにしよう。

ガランが生きていた時代、中東イスラーム世界は一方的な恐怖の対象ではなくなっていた。近代市民社会への道を邁進していたヨーロッパ社会は、多少の余裕をもって東方世界を観察できるようになっていたのである。

一六九七年『ビブリオテーク・オリエンタル』という東方百科全書的な著作が出版された。この著作の編集を引き継いで世に送り出したのが、ガランだった。この著作の序文でガランは「ヨーロッパがこれほどまでにイスラーム世界に関心を寄せるのは、かの地方には豊かな文明があるからだ。イスラーム世界

スフィンクスを見るナポレオン（ジェローム画）

がわれわれにほとんど関心を示さないのは、自分たちの文明があまりにすぐれているため、自前のもので間に合っているからだ」という意味のことを述べている。この時代にはアラビアンナイトに触発されて、次々と東洋趣味の作品が著された。

この後、ヨーロッパは着実に近代化を成し遂げ、ナポレオンのエジプト遠征（一七九八年）によって、武力の上ではヨーロッパが完全に優位に立ったことが証明された。中東イスラーム世界はもはや異国趣味にあふれた憧れの対象ではなくなり、支配の対象として新たな意味を持つようになったのである。これを植民地化するには、武力的な優位だけではじゅうぶんではない。さらに詳細な事前調査が必要となる。

レインの立場

エドワード・レインの住居があったカイロの通り附近。現在の様子

こうしてオリエンタリズムの第二段階が幕を開けることになった。つまりアラビアンナイトを通して、支配しようとする相手を知ろうというわけである。一八三八年から四一年にかけてイギリスのレインが訳したアラビアンナイトは、実はこのような路線上に位置づけられる。

ここで断っておくが、レイン本人には中東を植民地化すべきであるなどという意図はなかった。レインはエジプトでの生活が長く、カイロの庶民生活を詳細に記した『エジプト風俗誌』という名著を残している。中東の文物や習慣に詳しかったレインは、アラビアンナイトの翻訳に詳細な注をつけ、当時のヨーロッパ人読者に中東イスラーム世界の文化を広く紹介しようとした。レインがアラビアンナイトを訳した目的は主に教育上のものであったから、レイン版アラビアンナイトでは、ことさらにエロチックな話は削除されているし、訳者本人が退屈だと判断した物語も含まれていない。

バートンとマルドリュス

レインに続いて、やはりイギリスのペインがアラビアンナイトの翻訳を出した。文学的にはペイン版アラビアンナイトの翻訳が一番すぐれていると言う人もいるくらいだが、ペインの訳業はこの後に続くリチャード・バートンの全訳版によって、すっかりかすんでし

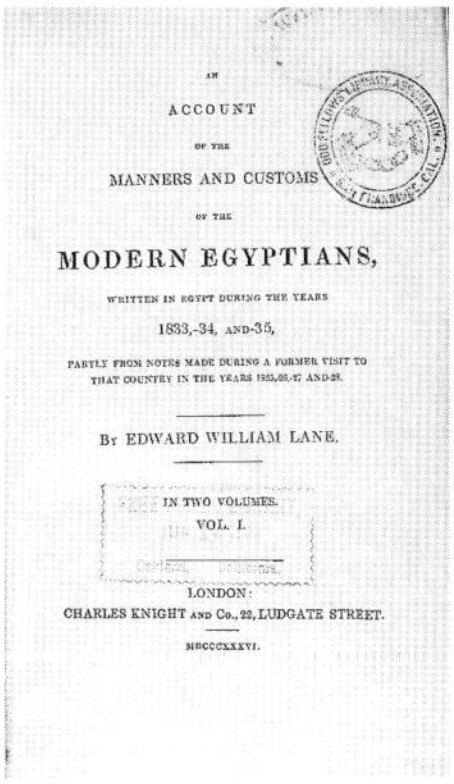

レイン著
『エジプト風俗誌』

まった。

バートンの訳文はペイン版を参考にしたと思われる箇所が多いのだが、バートンがやったのはそれだけではない。中東文化の紹介という意図はレインと同じだったが、レインの場合はエロチックな箇所を削除したのに対し、バートンはこのような箇所を誇大に表現し、原作にはない文章まで書き加えているのである。こうして、性的放縦というアラビアンナイトに対するイメージが確立することになった。

レインとバートンはどちらも中東文化の紹介を試みたが、その理由は異なっていた。バートンははっきりと「大英帝国はインドとアフリカに多数のムスリムをかかえており、彼らの文化を理解するにはアラビアンナイトにしくものはない」という意味のことを述べている。つまり、バートンにとってのアラビアンナイトは、支配のためのツールであると認識されていたのである。

バートン版アラビアンナイトは、オリエンタリズムに新しい意味を付加することになった。想像上の他者をテキストによって規定しつつ再生産し、そのイメージを現実の他者にあてはめることによって具現化するのである。仮の肉体を持たされた幻の他者をめぐって現実世界の力学が展開し、支配のツールとして役立てられることになる。ガランが東方にいだいた一方的な憧れが、テキストを飛び出して現実を規定するようになったのだった。

この後、フランスのマルドリュスがアラビアンナイトの全訳を世に出した。マルドリュス版アラビアンナイトは、ほとんど翻案とも呼べる自由訳であるが、文学という意味では輝かしい成功をおさめた。マルドリュス版アラビアンナイトは、十九世紀という時代背景の中で十七世紀のオリエンタリズムを再現したと言うこともできるだろう。ここで紹介される中東世界は、まさに異文化への憧れと幻想の産物と呼ぶにふさわしい。日本でのマルドリュス人気については、この作品が「アラブ文学」ではなく「フランス文学」のカテゴリーに入ることにも一因があると思われる。文学の理想形の一つとしてのフランス文学に、濃厚なエキゾチシズムの味つけがされていることが人気の理由となっていると見ることもできるだろう。

日本のオリエンタリズム

さて、次は日本におけるアラビアンナイトとオリエンタリズムの関係を見ていこう。アラビアンナイトを日本で最初に翻訳紹介したのは、永峯秀樹だった。では、彼はどういう意図でこの物語集を翻訳したのか。実は永峯は、「アラビアンナイトは子女教育に役立つ」

バートン著『メッカ・メディナ探検記』

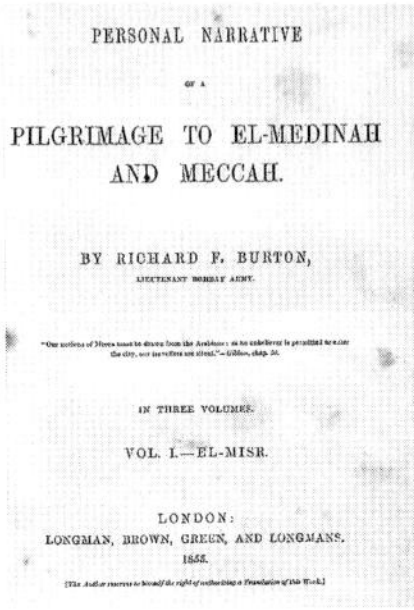
PERSONAL NARRATIVE

OF A

PILGRIMAGE TO EL-MEDINAH AND MECCAH.

BY RICHARD F. BURTON,

LIEUTENANT BOMBAY ARMY.

IN THREE VOLUMES.

VOL. I.—EL-MISR.

LONDON:

LONGMAN, BROWN, GREEN, AND LONGMANS.

1855.

江戸時代末期のラクダの引き札
（国立民族学博物館所蔵）

という意味のことを書いている。永峯にとってのアラビアンナイトはアラブ文学ではなくて、近代ヨーロッパの文学だった。

永峯訳のアラビアンナイトはそれほど売れなかったようだが、明治十六年（一八八三）に刊行が開始された井上勤訳のアラビアンナイトは版を重ねて多くの人に読まれることになった。井上がアラビアンナイトを翻訳した意図は、上質の娯楽文学を提供しようというところにあったようである。日本における初期のアラビアンナイト翻訳では、中東世界に対する強烈な憧れもなければ、この物語集を通じて中東イスラーム文化を理解しようとする動きもなかったと言えるだろう。

やがて大正をへて昭和初期に入ると、西洋文化の移植が進んできたこともあり、アラビアンナイトの受容にも変化が見られるようになった。バートン版が初めて翻訳されたのがこの時期である。オリエンタリズムの集大成とも言えるバートン版の翻訳は、日本人のアラビアンナイト観に大きな影響を与えることになった。「アラビアンナイト」のキーワードでインターネットの検索をかけると、無数の風俗店がヒットするはずだ。

さて、話をサイードの『オリエンタリズム』に戻そう。サイードが提唱する西洋近代のオリエンタリズムとは、「一方的かつ差別的な他者規定によって対象物を表象し、現実的支配のツールとして利用すること」であった。日本の場合、バートン版などを通して移植された西洋近代流のオリエンタリズムは、中東に向けられることはなかった。歴史的、文化的なかかわりの薄さから考えれば、至極当然の成り行きである。では、近代日本がオリエンタリズムの対象とした相手は何だったのか。それは第一には中国であり、第二にはその他のアジア諸国だった。

ただし、ヨーロッパと中東イスラームとの歴史的な関係を、日本と中国のそれに置きかえることはできない。サイードは指摘していないが、ヨーロッパにとってのオリエンタリズムとは、中東を通して見えてくる自己像を確認するための合わせ鏡としても機能したの

大場正史訳『バートン版千夜一夜物語』（河出書房、1967年）

井上勤訳『全世界一大奇書』

である。つまり、近代ヨーロッパはオリエンタリズムというフィルターを通すことによって、自己規定を進めていったと表現することもできる。したがって、中国を対象とした日本のオリエンタリズムは形式的なメカニズムをなぞっただけにとどまり、基本的には「（時として差別的な）異国への憧憬」の範疇におさまるものであったと言えるだろう。この傾向はいまだに続いている。

アラビアンナイトのイメージ

長年にわたる日中の文化交流を通じ、中国文化は一方的な優位性を持っていた。だが、明治、大正と時代が新しくなるにつれ、日本では西洋文化の移植が進み、中国文化に対する視線にも変化が現れた。一方的な賞賛と追随ではなく、現実の姿を知ったうえでの「幻想の彼方の他者」への憧憬が生まれたのである。谷崎潤一郎の一連の中国趣味小説などがこの路線上にある。このような動きは形を変えて、中国侵略という錯誤の道をとることにもなった。中国に対する場合とは少々事情が異なるが、朝鮮半島の植民地化においても、オリエンタリズム的言説はおおいに利用されたのである。

谷崎はアラビアンナイトの異国趣味にひかれていた。彼の作品には「アラビア夜話の一節にも比す可《べ》き物語なることを……」という表現もある。谷崎の異文化憧憬は中国やインドに向けられたが、彼もまた、欧米文学として翻訳されたアラビアンナイトが伝えるメッセージに呪縛されていたのであろう。このような呪縛は今なおほどけてはいない。「アラビアンナイトを思わせる不思議な世界」「アラビアンナイトさながらのエロチシズム」に類した比喩は、誰もが一度ならず目にしたことがあるだろう。

近代日本は欧米を通してアラビアンナイトを受容した。中東世界との直接的な交渉が乏しかったことを考えると、これは当然の成り行きだった。しかしながらこの過程を通じて、日本人読者は近代ヨーロッパが中東イスラーム世界に対していだいた特殊な視点までも共有することになったのである。そのいっぽうで、近代ヨーロッパがつくり上げたオリエンタリズムの複雑なメカニズムを共有することはなかった。したがって中東イスラーム世界に対するイメージは、どこまでも表面的な幻想の枠内にとどまってきたと言えるだろう。

アラビアンナイトには文学作品としての一面もあるのだが、この物語集に付随するイメージの中には、特殊な時代背景のもとに創作されたものもあることを忘れないようにしたい。

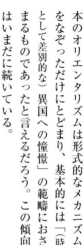

column

日本人とアラビアンナイト

中東世界と日本との交流は、古くはシルクロードにまでさかのぼるが、全体を通して見れば間接的なものにとどまってきた。江戸時代になると、オランダを通して最低限の知識は得ていたようである。たとえば、ガランの同時代人である西川如見《じょけん》は、『華夷通商考』の中に中東地方についての記載を残している。長崎の出島で死去したオランダ商人の所持品目録にアラビアンナイトがあったことがわかっているが、日本人に読まれた可能性は低いだろう。

明治期の日本は貪欲に西洋文化を吸収した。アラビアンナイトも明治八年（一八七五）という早い時期に翻訳されている。題名は『開巻驚奇暴夜物語』。暴夜と書いて「アラビヤ」と読む。翻訳者は、山梨県の蘭方医の家に生まれて海軍兵学校の教官となった永峯秀樹だった。永峯はアラビアンナイト以外にも多くの翻訳書を出しており、ギゾーの『ヨーロッパ文明史』などを英語から翻訳している。永峯本人によると、アラビアンナイトを翻訳した目的は、（西洋）世界からの知識吸収と、新時代に向けての子女教育の必要性だったという。永峯訳アラビアンナイトの底本となったのは、ガラン版をもとにして簡略化したタウンゼント版と、レイン版であったようだ。最初の日本語訳アラビアンナイトには、「驢馬《ろば》と牡牛との話（永峯版では『驢牛雇夫ノ寓言』）」「商人と魔王との物語（『魔君商人ノ物語』）」などが収録されているが、有名どころの「アラジン」「アリババ」「シンドバード」は入っていなかった。

永峯アラビアンナイトに続き、明治十六年には井上勤の『全世界一大奇書』が出版された（井上も蘭方医の家の出身）。井上はアラビアンナイト以外にもトマス・モア、シェイクスピア、デフォー、ゲーテ、ジュール・ヴェルヌなど数多くの西洋文学を翻訳している。井上アラビアンナイトは続刊が出版され、ある程度の取捨選択はあるものの、最終的には大団円にいたるまでの物語が入っている。

この井上訳がきっかけとなって、アラビアンナイトが民衆に広く読まれるようになった。

単発の翻訳としては明治二十年に出版された矢野龍溪訳の『烈女之名誉』をあげておこう。題名からは想像もつかないが、これは「アリババと四十人の盗賊」の日本最初の翻訳である。烈女というのは、油を注いで盗賊を皆殺しにするモルギアナ（マルジャーナ）のことだ。ちなみに日本で最初にアラジンが翻訳されたのは明治二十一年のことだった。長尾藻城による『亜丁剌物語　一名怪シノランプ』である。明治期に訳されたアラビアンナイトは、いずれも英語をはじめとする欧米語からの翻訳であり、時代背景もあって、訳者による奔放な加筆の目立つ場合が多い。中東事情を読者にわかりやすくするための説明もなされているが、誤った知識を伝えている場合も見受けられる。

これ以後もアラビアンナイトの翻訳は続き、大正時代になると、日夏耿之介《ひなつこうのすけ》や森田草平らが流麗な文章を駆使してアラビアンナイトの翻訳を出すようになった。このころになると、アラビアンナイトは二通りの読まれ方をするようになる。明治期には未知の西洋文学（アラビアンナイトは欧米文学の一部としてとらえられていた）の紹介という意図のほか、『烈女之名誉』に見られるように道徳的な目的にそっての紹介が基本だったが、井上の訳業などによって個々の物語が知られるようになると、片方では大人向けの性愛文学としてことさらにエロチックな部分を強調し、もう片方では子ども向けのおとぎ話としてきわどい箇所を削除した形で読まれるようになった。文学としての受容という点に関しては、ヨーロッパでも日本でも大差はなかったと言えるだろう。

アラビアンナイトの翻訳などがきっかけとなってヨーロッパでつくり出されたオリエンタリズムは、植民地経営という現実的な政治的要請のもとに独自の発展を遂げた。日本の場合、アラビアンナイトをめぐるオリエンタリズムは、異国幻想という形にそって根付いていったように思われる。

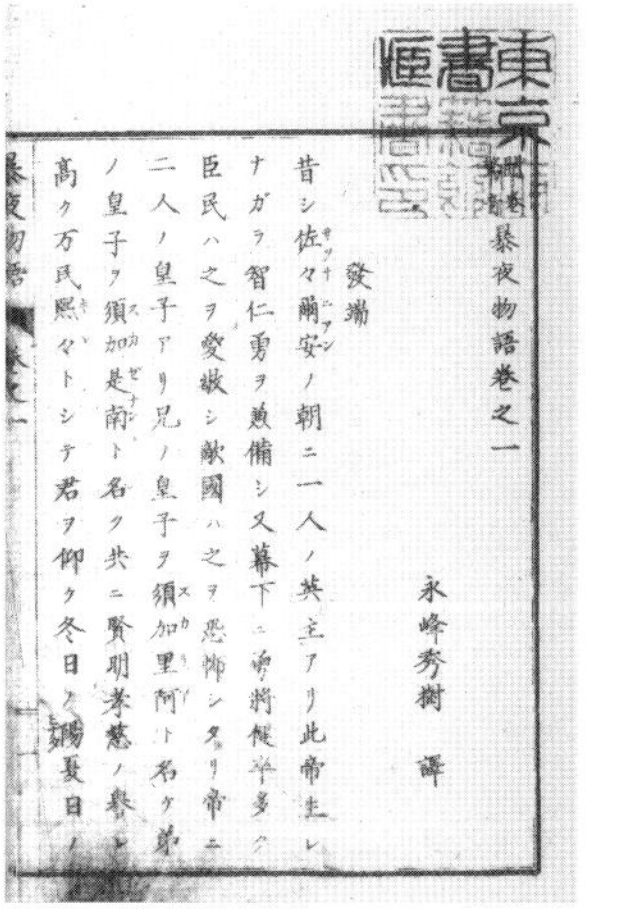
東京書籍館
開巻驚奇暴夜物語巻之一
永峰秀樹　譯
發端
昔シ佐々爾安《サッサニアン》ノ朝ニ一人ノ英主アリ此帝生レナガラ智仁勇ヲ兼備シ又幕下ニ勇将健卒多ク臣民ハ之ヲ愛敬シ敵國ハ之ヲ恐怖シタリ帝ニ二人ノ皇子アリ兄ノ皇子ヲ須加里阿《スカリア》ト名ケ弟ノ皇子ヲ須加是南《スカゼナン》ト名ク共ニ賢明孝慈ノ譽レ高ク万民熙々トシテ君ヲ仰ク冬日ノ
暴夜物語　巻之一

永峯秀樹『開巻驚奇暴夜物語』（1875年、国立国会図書館所蔵）

こうして、アラビアンナイトに対するイメージは、明治、大正を通して、固定されていった。昭和になると、エロチックな部分を強調したバートン版やマルドリュス版が、複数の訳者の手で次々と紹介された。アラジン、アリババ、シンドバードは、子ども向け文学全集の定番となったが、バグダードやカイロで繰り広げられた恋愛物語のいくつかは、大人向けエロチック・ファンタジーとしての地位を確立することになったのである。

このような基本イメージと並行しながら、大正から昭和にかけては、蕗谷虹児《ふきやこうじ》などの人気挿絵画家が、「千一夜」から題材をとった叙情的な挿絵を数多く描いた。童謡「月の砂漠」が作られたのもこの時期（大正十二＝一九二三年）である。「月の砂漠」は今もなお歌い継がれ、エキゾチックな異郷としての中東イメージの確立に大きな影響を与えてきた。ちなみに、恋人たちが二人きりで夜の砂漠を旅することなど、現実では絶対にあり得ない。

終戦後の混乱がおさまって大衆娯楽が求められるようになると、アラビアンナイトはさまざまな形で表現されるようになっていった。宝塚歌劇では、昭和二十二年（一九四七）にはグランドレビュー「アリババ」が、昭和二十五年には「アラビアンナイト」が公演された。最近では「アラビアンナイト、砂漠の黒薔薇」と題するレビューもある。

アラビアンナイトの物語は、昭和三十年代に入って普及しはじめたテレビの画面にも登場するようになった。シリーズものとしては、「シンドバッドの冒険」などがあるが、アラビアンナイトからモチーフを借りた作品となると、枚挙にいとまがない。「ハクション大魔王」はアラジンのランプを下敷きにしているし、人形劇「ひょっこりひょうたん島」や「ドラえもん」にもアラビアンナイトに題材を求めた物語がある。アラビアンナイトが提示する空想の世界は映画にもなり、手塚治虫による大作映画が話題を呼んだ。最近では天野喜孝が、「葡萄姫」と題する幻想的な短編映画を作っている。少女漫画や少年漫画の題材となるとそれこそ無数にあり、アラビアンナイトはファンタジーの源泉としての地位を不動のものにしたと言えるだろう。

リーディングガイド
Reading Guide

翻訳書

　ヨーロッパではガランのフランス語訳に続いて、さまざまなアラビアンナイト翻訳書が出版された。フランスでは今でもガラン版が読みつがれているが、日本でも最近になって『ガラン版千一夜物語』（西尾哲夫訳、全六巻、岩波書店）の全訳が刊行された。ガランが底本にしたアラビア語原典のガラン写本をも参照しながら日本語訳したもので、各巻につけられた解説によってアラビアンナイトの歴史だけでなく最新の研究動向も知ることができる。鷲見朗子訳『百一夜物語―もうひとつのアラビアンナイト』（河出書房新社）は、千一夜物語と同系統だが北アフリカ（マグリブ）で流布している物語である。より古い形を残しており、読み比べてみるとおもしろいだろう。

　明治以降は数多くの翻訳書が出たが、現在ではリチャード・バートン版がよく知られている。バートン版全訳は河出書房から大場正史訳の『千夜一夜物語』として刊行され、多くの読者を集めた。子どものころ、家の書棚にあった河出書房版をどきどきしながら読み進んだという経験を持つ読者も多いのではないだろうか。この全集が絶版となった後は、『バートン版千夜一夜物語』（ちくま文庫、筑摩書房）で読むことができる。フランス語から翻訳されたマルドリュス版は新版の文庫本が入手できる。マルドリュス版には翻案の範囲を超える加筆部分があるため、アラビアンナイトの翻訳書としての資料的価値は乏しい一方で、アラビアンナイトとしてのテーマ性をマルドリュスが担保しているという意味でガラン版の正統な後継とも評価できる。

　アラビアンナイトの原典から日本語に訳したものとしては、前嶋信次・池田修共訳によるものが平凡社の東洋文庫から出版されている。この全集はバートンが種本としたカルカッタ第二版に拠っており、有名なアラジンとアリババの物語も別巻の形で収録されている。アラビア語からの原典訳はめずらしく、東洋文庫『アラビアン・ナイト』を読める日本の読者はめぐまれていると言えるだろう。

　アラビアンナイトは非常に長い物語集であるため、全編を通して読むにはかなりの根気がいる。そのような場合には、児童向けに編集されたものを読んで全体の雰囲気をつかむのもいいだろう。『アラビアン・ナイト』（福音館書店）にはアラジン、アリババなどの有名どころ以外にも、ガラン版に収録されている「コダダードと兄弟たちの物語」が収録されている。『アラビアン・ナイト（上・下）』（岩波少年文庫）はガラン版をもとに、子ども向けに編集したものだ。この他、講談社の青い鳥文庫にも『アラビアン・ナイト』が入っている。『子どもに語るアラビアンナイト』（西尾哲夫訳・再話、茨木啓子再話、こぐま社）は、読み聞かせ用に語り部と協働で再話したもので、アラビアンナイト本来の姿を味わうことができる。

案内書・研究書

　アラビアンナイト全般に関する案内書としては、前嶋信次による『アラビアン・ナイトの世界』（平凡社）、『千夜一夜物語と中東文化』（平凡社）、ロバート・アーウィン『必携アラビアン・ナイト』（平凡社）などがある。いずれも興味深い話題が満載されているので、アラビアンナイトに興味をもたれた読者には一読をおすすめしたい。手軽な入門書としては、西尾哲夫『100分de名著　アラビアンナイト』（NHKテキスト）がある。西尾哲夫『アラビアンナイト―文明のはざまに生まれた物語』（岩波新書）は、アラビアンナイト研究史が簡潔にまとめられており、アラビアンナイト研究入門ともなる。中東世界だけでなく世界中の文化にアラビアンナイトが与えた影響を考察したのが、西尾哲夫『世界史の中のアラビアンナイト』（NHKブックス）である。

特別展の図録として編集された国立民族学博物館編・西尾哲夫責任編集『アラビアンナイト博物館』（東方出版）は、世界有数の規模を誇る国立民族学博物館所蔵アラビアンナイト・コレクションを紹介し、アラビアンナイト成立の歴史だけでなく、アラビアンナイトを通して中東イスラム世界の文化を理解できる博物誌的ガイドブックとなっている。アラビアンナイト諸写本をめぐる研究書としては、英語になるが、ムフシン・マフディーの『The Thousand and One Nights』（E.J.Brill）がある。同書には、ガランが翻訳に使用したと思われる写本の系統に関しても詳しい記載があり、現在のアラビアンナイト研究の基本文献となっている。本格的に研究を始めたい人にとっては、ウルリッヒ・マルツォルフ他編『The Arabian Nights Encyclopedia』（ABC CLIO）が必携文献であり、アラビアンナイト全物語の梗概と主要な訳者や登場人物、関係文化事項について解説されている。

イスラームと中東世界について

中東世界の入門書としては、西尾哲夫・東長靖編『中東・イスラーム世界への30の扉』（ミネルヴァ書房）がある。「9・11」米国同時多発テロ事件から二十年の間に、「イラク戦争」から「緑の革命」や「アラブの春」、「アルカイダ」から「IS（ダーイシュ）」、さらに「シリア内戦」から「欧州難民危機」へとめまぐるしく変化した中東地域の現在について最新の研究成果をもりこんでいる。

中世イスラム世界の文化に関しては『イスラム技術の歴史』（平凡社）がある。同書では、建築、土木、化学、軍事、農業、暦学などをはじめとする黄金時代の文化についての詳細な記述を読むことができる。また、当時の科学全般に関しては数多くの図版を含む『図説　科学で読むイスラム文化』（青土社）によって、具体的なイメージをつかむことができるだろう。中世に一世を風靡し、近代西洋医学にも多大な影響を与えたアラビア医術に関する書籍としては、前嶋信次の『アラビアの医術』（平凡社）がある。

アラビアンナイト当時のバグダードはモンゴルの侵攻によって灰燼に帰したが、迷路にもたとえられた中世都市の様子をイメージするには今村文明『迷宮都市モロッコを歩く』（NTT出版）や木島安史『カイロの邸宅—アラビアンナイトの世界　建築巡礼』がいいだろう。フリードリヒ・ラゲット『アラブの住居』（マール社）は、豊富なイラストで伝統的なアラブの家屋を解説している。小林一枝『「アラビアン・ナイト」の国の美術史』（八坂書房）は建築から陶器やガラス工芸まで多様なイスラム芸術について読み解いてくれる。ハンマームに関しては杉田英明『浴場から見たイスラーム文化』（山川出版社）が読みやすい。中世のバグダードやカイロの庶民生活を知るには、保坂修司『乞食とイスラーム』（筑摩書房）があり、アラブ世界における乞食ややくざ集団の様子がわかりやすくまとめられている。タヌーヒー『イスラム帝国夜話（上・下）』（森本公誠訳、岩波書店）という逸話集からは、生き生きとした当時のバグダードの庶民生活を垣間見ることができる。また、アラビアンナイトに登場するジンについては、『イスラム幻想世界』（新紀元社）がある。『必携アラビアン・ナイト』の著者アーウィンには『アラビアン・ナイトメア』という小説がある。中世カイロの雰囲気を味わうには格好と言えるだろう。アラビアンナイトに登場する音楽や楽器については、『アラブ音楽』（水野信男監修、西尾哲夫・岡本尚子訳、文庫クセジュ、白水社）が読み物としても楽しい。

日本と中東世界の関係、日本における中東観の成立過程については、杉田英明『日本人の中東発見』に詳しい。日本でのアラビアンナイト翻訳事情に関しては、杉田英明『アラビアン・ナイトと日本人』（岩波書店）に詳細な記述がある。

◉著者略歴

西尾哲夫（にしお・てつお）
一九五八年、香川県生まれ。京都大学大学院文学研究科博士課程修了。文学博士。言語学・アラブ研究専攻。アラブ遊牧民の言語文化に関する言語人類学的研究や、アラビアンナイトをめぐる比較文明学的研究に従事。東京外国語大学アジア・アフリカ言語文化研究所助手、同助教授を経て、現在、人間文化研究機構・国立民族学博物館教授、総合研究大学院大学教授。
主な著訳書・共編著に『ガラン版千一夜物語』（岩波書店、二〇一九〜二〇二〇年、全六巻）、『世界史の中のアラビアンナイト』（NHK出版）、『100分de名著　アラビアンナイト』（NHK出版）、『アラビアンナイト――文明のはざまに生まれた物語』（岩波新書）、『子どもに語るアラビアンナイト』（こぐま社）、『アラブ・イスラム社会の異人論』（世界思想社）、『ヴェニスの商人の異人論』（みすず書房）、『アラブの音文化』（スタイルノート）、*The Arabian Nights and Orientalism: Perspectives from East and West.* London: I.B.Tauris などがある。

協力＝国立民族学博物館

ふくろうの本

新装版
図説　アラビアンナイト

二〇〇四年　五　月三〇日初版発行
二〇一四年　一　月三〇日新装版初版発行
二〇二一年　六　月二〇日新装版初版印刷
二〇二一年　六　月三〇日新装版初版発行

著者……………………西尾哲夫
本文デザイン…………ファイアー・ドラゴン
装幀……………………松田行正＋杉本聖士（マツダオフィス）
発行者…………………小野寺優
発行……………………株式会社河出書房新社
〒一五一―〇〇五一
東京都渋谷区千駄ヶ谷二―三二―二
電話　〇三―三四〇四―一二〇一（営業）
〇三―三四〇四―八六一一（編集）
https://www.kawade.co.jp/
印刷……………………大日本印刷株式会社
製本……………………加藤製本株式会社

Printed in Japan
ISBN978-4-309-76303-3